FRANCKE

Berta Schmidt-Eller

Wir kommen über die Brücke

FRANCKE
Verlag der Francke-Buchhandlung GmbH

Die Deutsche Bibliothek – CIP-Einheitsaufnahme
Schmidt-Eller, Berta:
Wir kommen über die Brücke / Berta Schmidt-Eller. –
Marburg an der Lahn : Francke, 1997
(Edition C : H, Heimatlicht ; Nr. 85)
ISBN 3-86122-345-7

35037 Marburg an der Lahn
Umschlaggestaltung: Gudrun Dresbach, Waldbröl
Satz: Druckerei Schröder, 35083 Wetter/Hessen
Druck: St.-Johannis-Druckerei, Lahr

Edition C, Nr H 85

Osterlau, den 15. Mai 1945

Was wir bei unserem Abschied Anfang April vorausgesehen haben, mein lieber Sohn, ist eingetreten. Seit Wochen werden keine Briefe mehr befördert, und es können Monate vergehen, ehe ich erfahre, wo Du bist, ehe ich Dir Nachricht geben kann. Da wir unsere Erlebnisse und Gedanken nicht austauschen können, will ich in großen Zügen festhalten, was um mich her und mit mir geschieht in diesen Wochen, um Dir eines Tages den Bericht in die Hände zu legen.

Ich wohne noch immer in der Lagerbaracke neben dem Sanitätsraum, den ich mir eingerichtet habe, als ich im März hierher kam.

Den Lagerführer haben die Kriegsgefangenen verprügelt und davongejagt, kaum daß sie durch den Einzug der Amerikaner frei geworden waren. Der Mann kann froh sein, daß sie ihn nicht totgeschlagen haben. Als er noch das Regiment führte, hatte ich manche Auseinandersetzung mit ihm wegen der Schikanen, durch die er den Gefangenen das Leben unnütz erschwerte.

Die drei Ingenieure der Firma, die in der Baracke seitlich vom Lager wohnten, haben sich mit ihren Frauen davongemacht. Sie fühlten sich ihres Lebens nicht mehr sicher zwischen den freigelassenen Polen und Russen. Einige Leute aus dem Rheinland, die hier im verlagerten Betrieb gearbeitet haben, sind bereits zu Fuß auf dem Heimweg.

Lange kann auch meines Bleibens hier nicht mehr sein, obwohl die Ausländer sich mir gegenüber anständig benehmen. Es ist viel wert, daß ich meinen Ton ihnen gegenüber nicht zu ändern brauchte. Jetzt erst merke ich, daß sie wirklich Vertrauen zu mir haben, sonst würden sie nicht so freundlich und bescheiden daherkommen, wenn sie eine Bitte haben. Sie sind ja jetzt in der Lage, zu fordern und zu befehlen. Sie scheinen froh zu sein, mich noch zu haben, weil sie mich brauchen. Es passiert zum Beispiel, daß einer in der Trunkenheit in die Scherben einer zerbrochenen Flasche fällt und verbunden sein möchte, oder zwei haben sich geprügelt und kommen mit blutigen Beulen; viele haben sich beim Radfahren, das sie erst lernen müssen, Schrammen geholt. Ach, und die Klagen über Magenschmerzen nach dem übermäßigen Genuß der beim Plündern erbeuteten Fleisch- und Fischkonserven, von Schnaps und Wein, Schokolade und ich weiß nicht was für Dingen – da muß die Schwester mit Tabletten helfen.

Manchmal gehe ich zu Familie Ellinger, von der ich Dir erzählte. In dem Kreis dieser fröhlichen Menschen finde ich Entspannung und Aufmunterung. Ich schaue auch bei unseren Leuten vom Uerdinger Werk hinein. Leider wohnen viele von ihnen weit draußen im Osten der Stadt, wo ein anderer Teil des verlagerten Betriebes untergebracht ist. Soweit sie ihre Wohnungseinrichtungen bei ihrer Versetzung nach Osterlau mitgenommen haben, trennen sie sich nicht so leicht von hier. Es gibt keine Möglichkeit, wieder mitzunehmen, was man nicht in beiden Händen oder auf dem Rücken davontragen kann. Da haben es die anderen, die solcher Dinge ledig sind, wesentlich leichter.

Auch Direktor Icks, der den Uerdinger Chef hier vertritt, ist mit einem Teil seiner Möbel und mit Weib und Kind noch in Osterlau. Er will bleiben, bis die Frage geklärt ist, was aus der Firma wird.

Osterlau, den 18. Mai 1945

Die ehemaligen Kriegsgefangenen und die Fremdarbeiter haben sich zusammengetan und auf die verschiedenen Lager in und bei der Stadt so aufgeteilt, daß sie jetzt nach Nationalitäten geordnet beisammen wohnen.

In unserem Lager haben sich die Russen einquartiert. In dem ehemaligen Aufenthalts- und Eßraum der deutschen Arbeiter des Betriebes, der an meine Sanitätsstube und somit auch an meinen Wohn- und Schlafraum grenzt, haben die Ukrainer Betten aufgestellt. Ich muß also, um in mein Zimmer zu kommen, durch deren Schlafraum hindurch. Wenn wenigstens Mädchen dort untergebracht wären. So schreite ich jedesmal die Reihen der Männer ab, wenn ich ein und aus gehe. Die Russen aus den anderen Lagern, die mich nicht von früher kennen, betrachten mich feindselig. Us, ein Ukrainer, hält sie in Schach. Us ist hier im Lager offensichtlich als Sprecher oder eine Art Lagerleiter von seinen Leuten gewählt worden. Mit ihm hat es eine besondere Bewandtnis. Früher arbeitete er im Uerdinger Werk unseres Betriebes. Dort wurde er krank, und ich kümmerte mich um ihn wie um alle Kranken, die meiner Fürsorge anvertraut waren. Nach einer Besprechung mit dem Uerdinger Lagerarzt empfahl ich der Werksleitung, Us aus gesundheitlichen Gründen bei Gelegenheit in einen der beiden verlagerten Betriebe nach Osterlau zu versetzen. Us weiß, wem er diese günstige Wendung verdankte. Jetzt versorgt er mich mit Fleisch und Kartoffeln und bringt mir Briketts aus dem Werkskeller, damit ich mir etwas kochen kann. Ich muß mich immer wieder wundern, mit wieviel Feingefühl Us seine Gaben überreicht.

„Du immer uns helfen, wir nix Geld, bitte Fleisch dafür nehmen“, so sagt er mit verlegenem Lächeln.

Merkwürdig und wunderbar zugleich, wie Gott für mich sorgt! Von dem Tage an, da die Frage nach dem täglichen Brot zu einem Problem wurde für die Deutschen in Osterlau und wohl auch anderswo, von dem Tage an brachte mir Us, was ich nötig hatte. Ja, Gott läßt seine Kinder von Raben speisen, wenn es not tut.

Dennoch kann ich hier auf die Dauer nicht bleiben, und ich überlege, was ich beginnen soll, um wieder zu geregelter Arbeit zu kommen. Nachts liege ich oft lange wach, und meine Gedanken wandern. Heute nacht trommelte der Regen auf das Holzdach über mir, und ich fragte mich, wo Du liegen magst, hungernd vielleicht und frierend. Wenn ich nicht die Zuversicht im Herzen trüge, daß Gott nichts umsonst tut, ich könnte um deinetwillen verzagen.

Leipzig, den 21. Mai 1945 (Pfingstsonntag)

Am Samstag bin ich kurz entschlossen hierher gefahren. Das Risiko, meine geringe Habe in der Baracke zu lassen, muß ich in Kauf nehmen. Ich weiß, mit einem Fußtritt können die jetzigen Herren des Lagers die Tür zersplittern und sich dann nehmen, was ihnen gefällt.

Als ich mein Rad zwischen den Betten der Ukrainer hindurch aus der Baracke schob, kam Us auf mich zu und fragte, ob ich auch fort wolle wie die andern.

„Nein, ich will meine Schwester und meinen Schwager in Leipzig aufsuchen und sehen, wie es ihnen geht. Wirst du inzwischen ein wenig auf meine Sachen dort drinnen achtgeben?" Er versprach es.

Was ich auch alles gehört hatte von Überfällen auf den Landstraßen – ich kam ungeschoren ans Ziel. Ich meine, durch herumstreunende Burschen kann ich kaum mehr gefährdet sein als in meiner Baracke, Wand an Wand mit etwa hundert Ausländern, allein als deutsche Frau.

Onkel Hans zerquetschte mir fast die Rippen bei der Begrüßung, und Tante Guste hatte Freudentränen in den Augen, als sie mich sah. Meine bescheidenen Mitbringsel, Brot, Zucker, Graupen und ein Stück Fleisch, lösten bei Onkel Hans einen Freudentaumel aus.

Hier in Leipzig wird mir zum ersten Mal

bewußt, was es heißt, von einer Mahlzeit zur anderen von der Frage bedrängt zu sein: was sollen wir essen? Hier ist es die erste Frage am Morgen, die letzte am Abend. Onkel Hans wäre vor Sorge wohl schon vergangen, wenn nicht Tante Guste, meine liebe Schwester, mit ihrem himmelstürmenden Glauben auf den Vater im Himmel verwiese, der noch immer für jede Mahlzeit gesorgt habe.

Beschämt stelle ich fest, daß ich dieser unmittelbaren Not, dieser Sorge um Essen und Trinken, bisher noch nicht gegenübergestanden habe. Zugleich aber wird mir auch klar: in Leipzig ist meines Bleibens nicht. Hans schlägt mir zwar vor, zu Lore, Deiner Cousine, zu ziehen, die damit rechnen muß, fremde Leute als Untermieter in ihre große Wohnung zu bekommen. Mag der Gedanke an ein Zuhause auch verlockend sein – Leipzig hat nie Anziehungskraft für mich gehabt, wenn ich auch hier geboren bin. Meine Wahlheimat ist am Rhein.

Ich komme in Versuchung, gleich von hier aus westwärts zu starten. Aber ohne Abschied von den Uerdinger Leuten in Osterlau kann ich nicht weggehen. Bei Ellingers möchte ich ebenfalls Lebewohl sagen. Schließlich muß ich nicht zuletzt Direktor Icks informieren. Mag auch alles auf dem Kopf stehen, so betrachte ich mich noch immer als Angestellte der Firma, deren Vertreter hier Direktor Icks ist. Ich denke, er wird meinem

Wunsche, nach Uerdingen zurückzukehren, kaum im Wege stehen. Es mag ihm sogar recht sein, denn ich habe ja in seiner Wohnung ein Zimmer gehabt, nachdem ich ausgebombt war. Im März, als die Amerikaner Uerdingen besetzten und ich hierher ging, blieb Tante Liska in diesem Zimmer zurück. Ich hoffe sie dort noch anzutreffen. Wohin sonst sollte sie gegangen sein?

Onkel Hans bittet mich, noch einen Tag in Leipzig zu bleiben. Das will viel heißen bei seiner Sorge, wie man satt werden soll. Sobald ich wieder in Osterlau bin, werde ich mit Direktor Icks die Frage meiner Rückkehr nach Uerdingen klären und mich dann auf den Weg machen.

Osterlau, den 24. Mai 1945

Gestern abend kam ich kurz vor Beginn der Ausgangssperre hier im Lager an.

Die Amerikaner haben den Aufenthalt auf den Straßen in der Zeit von 22 Uhr bis sechs Uhr verboten. Ich habe als Schwester einen Sonderausweis, mit dem ich schon um vier Uhr ausgehen kann.

Ich besuchte in Leipzig noch einige Bekannte. Alle bedrängten mich, ich solle dort bleiben. Auf meinen Fahrten durch die Stadt hatte ich eine Reifenpanne und fand keine Gelegenheit zum Flikken des Schlauches. Es fehlte einfach an allem dazu. Hans hat mir eines der alten Räder seiner Kinder geliehen. Es ist ein alter Drahtesel, mit meinem Rad nicht zu vergleichen. Aber was blieb mir anderes übrig, als das Angebot anzunehmen? Die 700 Kilometer bis zum Rhein möchte ich nicht zu Fuß zurücklegen. Ich bin mit dem alten Rad gut hierhergekommen und hoffe, es später wieder gegen mein Rad austauschen zu können.

Eben, da ich dies schreibe, klopft es an meine Tür. Us kommt und bringt mir einen Brief. Er sei schon am Sonntag abgegeben worden. Ich bedanke mich bei ihm, auch für die Bewachung meiner Stube, ich habe alles darin unberührt angetroffen.

Us legt bescheiden ein Päckchen, in schmutziges Zeitungspaper gewickelt, auf den Tisch und sagt: „Morgen Kartoffeln, Schwester."

Meine Gedanken sind bei dem Brief mit der fremden Handschrift. Noch ehe Us die Tür hinter sich geschlossen hat, reiße ich den Umschlag auf. Einer unserer Ingenieure teilt mir mit, Direktor Icks sei verhaftet worden.

Ich muß sofort aufbrechen und versuchen, Näheres zu erfahren.

Osterlau, den 25. Mai 1945

Auf dem Wege in den entgegengesetzten Stadtteil überlegte ich mir, wer mir die genaueste Auskunft geben könnte. Ich beschloß, Frau Icks aufzusuchen, ehe ich in die Fabrik gehen würde.

Ich fand sie weniger erregt und niedergeschlagen, als ich erwartet hatte. Sie war offensichtlich froh, mit mir sprechen zu können.

„Man muß so vorsichtig sein", sagte sie. „Weiß man denn, wem man heute noch trauen kann?"

Sie erzählte mir, was sich am vergangenen Freitag zugetragen hatte. Zwei Werksangehörige seien mit einem Schreiben vom amerikanischen Ortskommandanten gekommen, in dem Direktor Icks aufgefordert wurde, unverzüglich auf der Kommandantur zu erscheinen. Er folgte den Männern. Seine Frau wartete den ganzen Tag vergebens auf seine Rückkehr. Am Samstag überließ sie die kleine Eva einer Nachbarin und ging zur Kommandantur, wurde aber abgewiesen, ohne über den Verbleib ihres Mannes etwas zu erfahren. Die beiden Pfingsttage verbrachte die Ärmste in Angst und Unruhe, von der ihr jetzt allerdings nichts mehr anzumerken war.

Was Frau Icks mir nun erzählte, ist die unwahrscheinlichste Geschichte und die merkwürdigste zugleich, und ich kann verstehen, daß sie dem Kommandanten, dem sie davon berichtete, unglaublich erschien. Ich will versuchen, sie so kurz und so klar wie möglich wiederzugeben.

Direktor Icks hat seine Frau, eine geborene Körner, im Herbst 1943 geheiratet. Als Berater hoher Wehrmachtsstellen in wehrwirtschaftlichen Fragen war er gehalten, nicht nur für sich, sondern auch für seine Frau den Nachweis arischer Abstammung zu erbringen, ich weiß nicht, bis in die wievielte Generation zurück. Er stand als Experte auf seinem Gebiet jedoch in solchem Ansehen und war als Mensch allseitig so geachtet, obwohl er sich auf Parteiebene nicht betätigte, daß man ihm gestattete, den arischen Nachweis für seine Frau nachzureichen. Die Hochzeit wurde festgesetzt. Da erfuhr er von seinem Schwiegervater, daß dessen Großmutter Jüdin gewesen sei. Bei der Ahnenforschung im eigenen Interesse war Dr. Körner auf diese Tatsache gestoßen. Für ihn als hohen Justizbeamten konnte diese nichtarische Großmutter zum Verhängnis werden, daher hatte er die Urkunde schleunigst verschwinden lassen. Durch den Ausbruch des Krieges waren die prüfenden Parteistellen wohl anderweitig in Anspruch genommen, außerdem stand Dr. Körner kurz vor seiner Pensionierung. So kam die Sache nicht ans Tageslicht. Dr. Körner fühlte sich verpflichtet, Direktor Icks darauf aufmerksam zu machen, daß eine Ehe mit seiner Tochter einmal böse Folgen für ihn haben könne. Der blieb jedoch bei seinem Entschluß.

Im Juli 1944 wurde Direktor Icks nach Berlin vor eine der höchsten Parteistellen beordert. Er glaubte, es handle sich um eine wehrwirtschaftliche Angelegenheit, und war völlig unvorbereitet auf die Frage des SS-Offiziers, ob er wisse, daß seine Frau nicht rein arisch sei. Man stelle ihm anheim, die Ehe zu lösen. Direktor Icks erklärte, seine Frau erwarte ein Kind. Ganz abgesehen von seinen persönlichen Gefühlen verbiete ihm der Anstand, sie in diesem Zustand im Stich zu lassen. Das Aktenheft über seine Person lag aufgeschlagen vor dem SS-Offizier. Er blätterte darin und sagte, er bedaure, ihm eröffnen zu müssen, daß er unter diesen Umständen in seiner Stellung nicht tragbar sei. Er möge bedenken, welche Folgen sein Verhalten haben würde. Ob er Lust habe, als einfacher Soldat an die Ostfront zu gehen? Das aber stände ihm bevor, wenn er nicht auf diese Ehe verzichten und einen entsprechenden Revers unterschreiben würde.

In diesem Augenblick, so erzählte Frau Icks, ertönte die Sirene. Vollalarm. Direktor Icks hatte keine Lust, dem SS-Offizier im Luftschutzkeller wer weiß wie lange gegenüberzusitzen. Er verließ das Haus und suchte einen Schutzraum in der Nähe auf. Es war nur ein kurzer, aber sehr heftiger Angriff. Direktor Icks beschloß, den Dingen, die nun einmal kommen mußten, nicht auszuweichen, und kehrte nach der Entwarnung zu der Dienststelle zurück. Er traute seinen Augen nicht, als er das Haus, das er vor einer halben Stunde erst verlassen hatte, nur noch als einen in Kalkwolken gehüllten Trümmerhaufen vorfand, bei dem eben ein Rettungstrupp vorfuhr. Ob jemand lebend aus dem Bombenkeller gerettet wurde, hat er nie erfahren. Von Icks Personalakten war jedenfalls kein Fetzen mehr vorhanden. Was lag im Augenblick näher, als die Sache auf sich beruhen zu lassen! Außer seiner Frau erfuhr damals niemand von diesen Ereignissen. Jetzt warf sie diese Tatsachen bei dem amerikanischen Kommandanten in die Waagschale, um die Freiheit ihres Mannes dagegen einzuhandeln.

Ich muß hier etwas einfügen, was nur scheinbar außerhalb dieser Geschehnisse liegt:

Direktor Icks kannte meinen Glauben an einen persönlichen Gott, der sich um die großen und kleinen Nöte seiner Kinder kümmert. Wir sprachen oft darüber, nachdem ich bei ihm eingezogen war. Er neckte mich ab und zu mit gutmütigem Spott wegen meiner „guten Beziehungen zum lieben Gott", wie er es nannte. Jetzt fällt mir ein: Dieser Spott hatte eines Tages aufgehört, ja, er hatte der Bitte Platz gemacht, ich solle an ihn denken, wenn er zu irgendeiner Inspektion nach Thüringen oder wer weiß wohin fahren mußte. Ich kann mich zwar nicht erinnern, wann diese Änderung seiner Einstellung zu meiner Fürbitte für ihn eintrat, denke aber, sie hängt mit seinem Erlebnis in Berlin zusammen.

Ich glaube Frau Icks alles, was sie mir erzählte. Der Kommandant war skeptischer als ich. Er ließ ihr durch den Dolmetscher sagen, ihrem Manne geschähe nichts. Man wolle ihre Angaben prüfen.

Gestern war sie wieder auf der Kommandantur, wurde aber nur vom Bürgermeister empfangen, der sie wieder vertröstete. Auch er gab ihr keine Auskunft, warum ihr Mann verhaftet worden sei.

Ich glaube Direktor Icks gut zu kennen, als Vorgesetzten wie im Privaten. Menschlich beurteilt ist er von großer Herzensbildung und innerer Vornehmheit, dazu so einfach, natürlich und bescheiden, er könnte darin manchem Christen zum Vorbild dienen. Was kann ich anderes tun, als für ihn beten?

Ehe ich nicht weiß, was aus ihm wird, kann ich natürlich nicht von hier weggehen.

Osterlau, den 28. Mai 1945 (Montag)

Den Sonntag habe ich bei Ellingers verbracht. Wie schön war es, die fröhlichen Menschen um sich zu haben! In diesem Hause erlebt man, welche Kraft der Glaube zu geben vermag. Die größeren Kinder wissen schon, was um sie her vorgeht, aber die Ausgeglichenheit der Mutter läßt keine Unruhe und Unsicherheit in ihnen aufkommen. Sie liest mit den Kindern vor dem Zubettgehen in einem alten, vergilbten Andachtsbuch, sie singen mit ihren hellen Stimmen einen Choral, und die Mutter befiehlt zum Schluß alle Lieben und vor allen Dingen den Vater in Gottes Hände. Auch sie ist, wie so viele Mütter und Frauen, schon lange ohne Nachricht und weiß nicht, wo ihr Mann ist.

Gestärkt im Glauben gehe ich nach Hause – nach Hause? – in meine Barackenstube. Mag meine Zukunft auch ungewiß sein, sehe ich weder Weg noch Ziel, in meinem Herzen ist der Nachhall des Liedes, das wir bei Ellingers gesungen haben:

Weiß ich den Weg auch nicht,
du weißt ihn wohl,
das macht die Seele still und friedevoll.

Osterlau, den 3. Juni 1945 (Sonntag)

Direktor Icks ist frei. Ich traf ihn in seiner Wohnung, bleich und sehr elend. Auf meine Frage, wie man ihn behandelt habe, weicht er aus: „Nicht sehr nett.“

Ich forsche nicht weiter nach Dingen, über die er nicht sprechen will. Er ist am Freitag entlassen worden, entlassen auf Ehrenwort. Er hat sich verpflichtet, Osterlau nicht zu verlassen, ehe er nicht den Nachweis bringt, daß die Urgroßmutter seiner Frau Jüdin war. Er hat die Aussagen seiner Frau bestätigt, aber man will die Urkunde als Beweis in Händen haben.

Was die Beschaffung der Urkunde so schwierig macht, ist der Umstand, daß weder Herr noch Frau Icks sagen können, wo sie aufzutreiben ist. Es kann sein, daß sie in Meerbusch in Direktor Icks Schreibtisch liegt, was seine Frau allerdings bezweifelt. Möglich auch, daß sie sich im Keller befindet, wo hinter einem Schrank eine Mauer gezogen und ein verborgener Raum geschaffen ist. Dort lagern Papiere von Dr. Körner, Direktor Icks' Schwiegervater. Frau Icks sprach davon, sie wolle sich auf den Weg machen, ihr Mann ist jedoch dagegen. Er meinte, sie sollten beieinanderbleiben, solange man sie nicht mit Gewalt trennt. Da ich ohnehin vorhabe, nach Uerdingen zu gehen, erbot ich mich, versuchen zu wollen, die Urkunde zu beschaffen. Ich kenne die Verhältnisse in der Wohnung in Meerbusch, den Schreibtisch und das Versteck im Keller. Finden sie sich dort nicht, könnte ich Dr. Körner in Glandorf aufsuchen. Er kennt mich und wüßte also, daß er mir die Urkunde anvertrauen kann.

Direktor Icks schüttelte den Kopf zu meinem Vorschlag. Er könne einer Frau in meinem Alter diese Strapazen nicht zumuten. Es sei bei den jetzigen Verhältnissen auch zu gefährlich für mich, allein auf den Landstraßen herumzufahren. Wenn sich jemand fände, der vertrauenswürdig sei und bereit, mich zu begleiten, so ließe sich darüber reden.

„Ich möchte Ihnen gern helfen", sagte ich, „und was eine Begleitung anbetrifft, so fühle ich mich in Gottes Händen geborgen."

Er lächelte und nickte: „Ich weiß, Schwester, aber wenn ich diesen Dienst von Ihnen annehme und Sie losfahren lasse, so fühle ich mich auch für Sie verantwortlich."

Jetzt am Abend in meiner Baracke fällt mir ein, daß Herr Fritzgen, ein Arbeiter aus dem Uerdinger Werk, der ohne Familie hier ist, mich schon öfter gefragt hat, ob ich keine Fahrgelegenheit nach dem Rhein für ihn wisse. Er ist ganz elend vor Heimweh und Ungewißheit über das Schicksal seiner Familie. Fritzgen ist ein ruhiger, zurückhaltender Mann von etwa sechzig Jahren. Er wird nicht nein sagen, wenn Direktor Icks ihn bittet, mich zu begleiten. Ich hoffe und wünsche, daß dies zur Lösung des Problem führt.

Osterlau, den 5. Juni 1945 (Dienstag)

Morgen früh starten wir nach Meerbusch. Ich habe meine persönlichen Sachen zu Ellingers gebracht. Viel ist es nicht, aber da ich nicht weiß, wie lange ich unterwegs bin – mit zwölf bis vierzehn Tagen muß ich rechnen –, habe ich mein Zelt im Lager abgebrochen. Mögen die Ausländer auch diesen Raum noch belegen! Wo ich nach meiner Rückkehr wohnen werde, wird sich finden.

Herr Fritzgen war eben noch einmal hier. Er war sehr aufgeregt und hatte heftiges Reisefieber, ich übrigens auch ein wenig. Fritzgen hat auf seinem Fahrrad, das Direktor Icks aus einem Winkel der Fabrik hervorgeholt hat, keinen Gepäckträger, muß also den Rucksack schultern. Er hatte ihn so vollgestopft, daß er ihn kaum tragen konnte. Ich habe alles, was wir unterwegs nicht unbedingt brauchen, ausgeschieden. Fritzgen trennte sich nur ungern von den Stücken, die ich für unnütz hielt. Ich sagte ihm, wir dürften uns so wenig wie möglich belasten, einmal, damit wir besser vorwärtskamen, zum anderen für den Fall, daß wir kontrolliert würden. Ich habe in meinem Köfferchen etwas Proviant: Büchsenfleisch, Teetabletten, Zucker, Brot neben den nötigsten persönlichen Utensilien.

Fritzgen will morgen früh Punkt sechs Uhr sein Quartier verlassen. Er ist glücklich, weil es heimwärts geht. Er macht sich überhaupt keine Gedanken darüber, daß er dem Direktor versprochen hat, mich nicht im Stich zu lassen. Das heißt ja, daß er auch wieder hierher zurückkehren muß. Aus seinen Reden höre ich, daß seine Gedanken daheim sind; alles andere bekümmert ihn offenbar nicht.

Von Us habe ich mich schon verabschiedet. Er sagte: „Du fortfahren, weil Russen kommen."

Ich habe derartiges schon munkeln hören, glaube aber nicht daran. „Nein, Us, ich glaube nicht, was die Leute reden."

„Leute reden nicht falsch, ich weiß: Russen kommen bald."

Er sagte das so bestimmt. Ich frage mich, ob ich zur rechten Zeit wieder hier sein werde.

Mir schwindelt plötzlich im Gedanken an die unbekannten Straßen und Wege, die vor mir liegen. Fürs erste wird mir eine Autokarte helfen, mich zurechtzufinden. In diesem Augenblick wird mir so recht bewußt, daß ich einen Weg ins Ungewisse gehe, jetzt erst spüre ich, wie sehr ich auf Gottes Hilfe und seinen Schutz angewiesen bin.

Und Du, mein Sohn? Wohin führt die Straße, die Du gehst?

Ich habe bei Ellingers einen Brief für Dich hinterlassen. Das wird man Dir im Werk sagen, wenn Du nach mir fragst. Du wirst Dich bei diesen Menschen so wohl fühlen wie ich.

Alles lege ich in Gottes Hände, Weg und Wetter, Nahrung und Obdach, auch den Erfolg unserer Fahrt.

Roßla, den 9. Juni 1945 (Samstag)

Roßla liegt in der „Goldenen Aue", einer fruchtbaren Ebene zwischen dem Kyffhäusergebirge und dem Harz.

Warum wir am vierten Tag unserer Fahrt noch nicht weiter gekommen sind, muß ich Dir der Reihe nach erzählen. Ich hatte gehofft, am fünften Tag in Meerbusch zu sein. Direktor Icks wird uns zumindest in der Nähe des Rheins vermuten. Wie gut, daß er von allen Zwischenfällen, die uns aufgehalten haben und noch aufhalten, nichts weiß.

Am Mittwoch legten wir nur siebzig Kilometer zurück. Hinzu kam, daß verschiedene Straßen für den Verkehr gesperrt sind, so konnten wir die geplante Route nicht einhalten.

Unterwegs erzählte mir Herr Fritzgen, wie unglücklich er sich in Osterlau gefühlt habe. In seiner ersten Unterkunft quälte ihn das Gefühl, nicht gern gesehen zu sein. Jeder Bissen sei ihm in den Mund gezählt worden. Er fand dann eine andere Bleibe, aber dort konnte er nie mit Appetit essen, weil alles so unsauber war. Ich wundere mich nun nicht mehr über sein schlechtes Aussehen. Das geht also nicht nur auf das Konto Heimweh.

Gleich am ersten Reisetag wurde mein Begleiter zu einer großen Sorge für mich. Er weiß nicht, wie dringend und eilig mein Auftrag ist. So kann er mein Drängen, weiterzukommen, auch nicht verstehen. Er will zwar auch nach Hause kommen, meint jedoch, auf einen Tag käme es nicht an, da man nun unterwegs sei.

Ich wäre am Mittwoch unentwegt weitergefahren, hätte mich nicht die Reifenpanne zum Halten gezwungen. Am Straßenrand sitzend, sah ich, wie mühsam Herr Fritzgen die kleine Steigung heraufkam, die ich leicht genommen hatte. Mir schien es, als wäre ihm die Panne eine günstige Gelegenheit, nicht weiterfahren zu müssen. Er erklärte mir, er brauche vor allen Dingen eine Schüssel mit Wasser, um das Loch im Schlauch festzustellen. Beim ersten Haus im nächsten Dorf bekamen wir das Gewünschte, wir durften im Hof das Rad flicken. Zu meiner Sorge, wie das mit Fritzgen werden soll, kam nun noch eine zweite, denn der Schlauch wies unzählige Flickstellen auf. Hätte ich doch mein Rad, das nun in Leipzig steht!

Fritzgen meinte, wir sollten gleich im Ort übernachten. Ich sah, wie erschöpft er war, und erklärte mich einverstanden, obwohl es eben erst sechsmal vom Turm geschlagen hatte und die Tage so lang sind. Ich durfte in der Küche eine Suppe kochen, die Frau gab mir sogar Kartoffeln und Suppenkräuter dazu. Mit etwas Büchsenfleisch war es für Fritzgen ein Festessen. Er sagte, es sei die erste Mahlzeit seit Wochen, die er mit Appetit esse.

Ich durfte bei der Frau übernachten, in deren

Hof wir das Rad ausgebessert, auf deren Herd wir die Suppe gekocht hatten. Fritzgen bekam im Gasthof des Ortes ein Nachtlager.

Am Donnerstag hatten wir den ersten unangenehmen Aufenthalt in Freiburg an der Unstrut. An der Brücke über den kleinen Fluß wurden wir kontrolliert. Die Amisoldaten gaben mir meinen Schwesternausweis anstandslos zurück. Herr Fritzgen, der seinen Militärpaß vorzeigte, mußte mit dem Posten gehen.

Es kam anders, als ich gedacht hatte: Statt daß Herr Fritzgen zu meinem Schutz da war, durfte ich ihn jetzt nicht im Stich lassen. Ich ließ mich also mit ihm „abführen", um es einmal so zu nennen. Vor zwei amerikanischen Soldaten mit geschultertem Gewehr wurden wir durch den Ort geführt. Es war gegen elf Uhr, die kleine Stadt voller Betrieb. Ich nahm trotz der kritischen Situation – wußte man denn, was kam? – alle Einzelheiten ringsum wahr, die Schilder an den Bäumen: ‚keep moving or get off the road', Proklamationen und Bekanntmachungen, Soldaten in verstaubten Uniformen ohne Epauletten, Frauen mit Handkörben und Taschen, die vor den Läden Schlange standen, Polizisten in Zivil mit der MG-Armbinde, auch die kleinen, schmucken Häuser und das betriebsame Leben der Kleinstadt, das letztlich die Amisoldaten beherrschten.

Wir wurden zu einer Dienststelle der Amerikaner geführt. Ich hatte das untrügliche Gefühl, daß mir nichts passieren würde. Ich reichte Herrn Fritzgen eine Zigarette aus meinem eisernen Bestand für besondere Fälle. Hastig und aufgeregt sog er den Rauch ein.

Aus dem Fenster eines Erdgeschosses nahm ein Offizier unsere Ausweise in Empfang. Ich erhielt meinen sofort wieder zurück. Herrn Fritzgens Papiere prüfte er aufmerksam. Im Seitenfach seines Wehrpasses hatte er zu allem Überfluß noch den Militärpaß von 1914/18 stecken. Der Offizier fragte, warum er diesen alten Paß bei sich trage. Fritzgen blieb die Antwort schuldig. Später sagte er mir, er habe ihn als Andenken aufgehoben.

Unsere Rettung, denn ich saß ja mit in der Patsche, wurde ein Papier, das den Gang der Dinge unvermutet beeinflußte. Es war ein Vordruck, auf dem vermerkt war, daß der Inhaber dieses Passes geistlichen Beistand wünsche, falls er verwundet würde. Unterzeichnet war der Schein von dem katholischen Pfarrer seiner Heimatgemeinde.

Der Offizier wünschte eine Erklärung, die Fritzgen gern und eifrig gab. Ein spöttisches Lächeln flog über die Züge des Amerikaners. Er drehte den Paß in seiner Hand noch einmal hin und her, legte den Begleitschein hinein und reichte ihn zurück. Mit einer Kopfbewegung winkte er uns zum Gehen.

Mein Sohn, so ruhig ich auch um meiner selbst willen war, so muß ich doch gestehen, daß mir erst jetzt klar wurde, in welcher Situation wir gestanden hatten und wahrscheinlich noch öfter stehen werden. Mir wurde so recht bewußt, was es heißt, in einem Lande zu reisen, das unter feindlicher Besatzung steht, und wie sehr ich auf Gottes Beistand und Führung angewiesen bin.

Meine Rede, daß ich mich in Gottes Händen geborgen fühle, kam mir mit einem Male recht großspurig und anmaßend vor. Es ist ein anderes Ding, das zu sagen, wenn man die Gefahren nicht kennt, die einem drohen, und es ist ein anderes Ding, das zu sagen und sich *wirklich* geborgen zu fühlen, wenn die Gefahr da ist.

Roßla, den 10. Juni 1945 (Sonntag)

Ich habe viel Zeit zum Schreiben!

Wir waren heute morgen in der Kirche, Herr Fritzgen zum ersten Male in einem evangelischen Gottesdienst. Die Predigt hat ihm gut gefallen. Er meinte, ein Franziskaner hätte sie nicht besser halten können. Er war erstaunt über die evangelischen Glaubensartikel, die die Gemeinde gesprochen hatte, ich mußte sie ihm wiederholen. Nun scheint er mich mit anderen Augen anzusehen.

Am Tag nach unserem Aufbruch von Osterlau hatte ich ihm gesagt, ich könne den Tag nicht ohne Gebet beginnen, und ihn gefragt, ob er damit einverstanden sei, wenn wir jeden Morgen, sobald wir ungestört seien, zusammen beteten. Das war ihm recht. Jetzt erst scheint er mein Gebet ernst zu nehmen.

Als wir am Nachmittag durch die Felder bummelten – weit vom Ort dürfen wir uns nicht entfernen –, kam die Rede noch einmal auf Fragen des Glaubens. Herr Fritzgen meinte, die Protestanten glaubten nicht an die jungfräuliche Geburt Christi.

Ich weiß, daß nur wenige Menschen unserer Zeit an die Geburt Christi glauben, wie sie die Bibel lehrt. Merkwürdig, warum sie das Wunder nicht annehmen wollen! Haben wir nicht im Reiche der Natur Merkwürdigkeiten, die außer jeder Regel stehen und den Naturgesetzen trotzen? Ich möchte nur an eine erinnern, an den Erbsprung, die Mutation, die auf eine unerklärliche und unvermittelte Weise eine völlig neue, nie dagewesene Art hervorbringt. Weil sie da ist und nicht weggeleugnet werden kann, gibt man ihr einen wissenschaftlichen Namen und nimmt sie als Tatsache hin.

Sollte es dem Schöpfer nicht möglich sein, außerhalb alles Dagewesenen einen Menschen werden zu lassen, seinen Sohn? Muß nicht Gottes Sohn anders zur Welt kommen als die übrige Menschheit, als Du und ich?

Ich glaube an die Bibel als an Gottes Wort, von dem ich nicht nach Belieben dies und das gelten lassen kann, und was mir nicht logisch erscheint, ablehnen oder wegstreichen darf.

In dieser Weise verlief unser Gespräch. Wir sprachen auch über das Gebet. Nicht nur dem mutlosen Herrn Fritzgen, sondern auch mir selber zum Trost sagte ich, daß unser Gott auch diesen Aufenthalt hier in Roßla nicht von ungefähr geschickt habe. Da meinte er: „Ja, Schwester, es ist gut, daß wir hier ein paar Tage Ruhe haben und gutes Essen. Ich fühle mich schon viel kräftiger und wohler." Beinahe hätte ich laut gelacht. An diese sehr einfache Erklärung habe ich nicht gedacht. Ich glaube sogar, er hat recht. Wir haben in unserem Gasthof für wenig Geld vortreffliche Verpflegung. Nicht umsonst heißt die Gegend hier „Goldene Aue". Durch Fritzgens Bemerkung wurde ich ganz zuversichtlich, und meine Unruhe um Direktor Icks legte sich ein wenig.

Nun will ich aber endlich erzählen, warum wir hier einen längeren Aufenthalt haben.

Am Donnerstag kamen wir nach vielen Kontrollen bis Allstedt. Herrn Fritzgens einziger Ausweis, sein Militärpaß, wurde immer wieder beanstandet und nur zögernd zurückgegeben. Ich beschloß, in dem nächsten größeren Ort zu versuchen, ihm einen zivilen Ausweis zu besorgen. Was hat sich Herr Fritzgen eigentlich gedacht, als er, der in diesem Krieg überhaupt nicht Soldat war, ausgerechnet mit dem Militärpaß als einzigem Ausweis losfuhr?! Mir ist bei der Abfahrt natürlich nicht eingefallen, ihn danach zu fragen, was für Papiere er hat. Ich habe angenommen, daß er sich ordentlich ausweisen konnte, zumal er so oft vom Heimfahren gesprochen hatte.

Nun, aller Ärger darüber konnte jetzt nicht helfen.

In Allstedt auf dem Rathaus konnten wir nichts erreichen. Ein Beamter meinte, bis Nordhausen kämen wir schon durch. Dort führen Züge, und dort würde man uns auch mit einem neuen Ausweis helfen.

Die Aussicht, mit dem Zug weiterzukommen, tröstete mich darüber hinweg, daß der Nachmittag mit Warten und Herumfragen vergangen war und Herr Fritzgen schon wieder Quartier machen wollte. Ich gab nach in der Hoffnung, am nächsten Tag mit dem Zug ans Ziel zu kommen. Auf der Autokarte hatte ich mich über den nächsten Weg nach Nordhausen orientiert, erlebte aber gleich hinter Allstedt eine Enttäuschung. Wieder mußten wir wegen gesperrter Straßen große Umwege fahren. Wir wollten nichts riskieren und erreichten bei Sangerhausen die Bundesstraße, die nach Nordhausen führt, eine schöne Straße, auf der wir rasch weiterzukommen hofften.

Nach der Mittagsrast radelten wir bei strahlendem Sonnenschein auf Nordhausen zu. Wir waren schon daran gewöhnt, an jedem Ortseingang und -ausgang nach unseren Ausweisen gefragt zu werden. So kamen wir wieder einmal an einen Kontrollposten, der mich passieren ließ, aber Herr Fritzgen aufforderte: „Nix gut, mitkommen."

Was blieb mir anders übrig, als mit ihm hinter dem Posten herzugehen? Das Quartier der Amerikaner, zu dem wir geführt wurden, war in einem schloßartigen Gebäude, dem man den alten Feudalbesitz ansehen konnte, mochten auch die Beete bei der Auffahrt und die großen Rasenflächen zertrampelt sein.

Ein Dolmetscher prüfte noch einmal unsere Papiere, fragte mich sehr freundlich und zuvorkommend nach dem Zweck und Ziel unserer Reise und erklärte, Herr Fritzgen könne mit diesem Paß nicht weiterfahren. Auf meine Frage, wo ich andere Papiere für ihn bekommen könne, sagte der Dolmetscher, gleich käme ein Auto, das würde uns samt unseren Rädern zurück nach Sangerhausen bringen, dort würden Ausweise ausgestellt. Wir sollten im Saal gegenüber warten. Herr Fritzgen hatte sich während meiner Verhandlung mit dem Dolmetscher passiv verhalten. Der gegenüberliegende Saal, den wir betraten, mochte früher zu festlichen Anlässen als Tanzsaal gedient haben. Seine acht hohen Fenster schauten auf einen verwilderten Park hinaus. Etwa dreißig Leute waren im Saal anwesend. Einzeln und in Gruppen standen sie wie verloren in dem weiten Raum. Ich wandte mich an einen älteren Herrn, der allein an einem Fenster stand. Auf meine Frage, warum er hier sei, erzählte er, auf dem Weg vom Nachbarort nach Sangerhausen sei er angehalten und dann hierher gebracht worden. Er habe nur seine Schwester besuchen wollen. Nun wartete er seit neun Uhr auf das Auto, das angeblich kommen solle.

Das konnte ja heiter werden! Ich hatte Mühe, meine Sorge vor Herrn Fritzgen zu verbergen. Es war jetzt bald fünfzehn Uhr. Ich rechnete an den Fingern nach, wie viele Stunden seit neun Uhr vergangen waren.

Noch hatte ich mich nicht zu einem innerlichen Gebet aufgerafft, da ging die hohe Saaltür auf. Ein Amisoldat erschien und rief: „Alle mitkommen, Auto da!“

Draußen stand eines der Armeeautos mit Längssitzen. Wir mußten aufsteigen, durften auch unsere Räder mitnehmen. Dicht gedrängt standen die Leute, die keinen Sitzplatz bekommen hatten. Niemand sprach ein Wort. Fort gings in rasendem Tempo, allerdings nicht in Richtung Sangerhausen. Das konnte für uns alle vorteilhaft sein, hieß doch die entgegengesetzte Richtung für uns vorwärts.

Der Wind pfiff mir um die Ohren. Ich war zuversichtlich und schaute Herrn Fritzgen aufmunternd an. Er verzog keine Miene, in seinen Augen stand graue Angst.

Nur zu bald bog das Auto von der Hauptstraße ab, dann hielt es vor dem Schultor hier in Roßla.

In barschem Ton forderte uns ein Deutscher mit MG-Binde auf, abzusteigen. Zwei Amis führten uns in ein Klassenzimmer der Schule, wo wir warten mußten. Schulbänke waren in dem Raum nicht vorhanden, dafür stand ein Tisch längs im Raum. Helferinnen vom Roten Kreuz teilten Kaffee und Marmeladenbrote aus. Der Raum war, als wir Passanten von dem Lastwagen hinzukamen, gedrängt voll. Von den bereits Wartenden erfuhren wir, der „Kommandant“ würde wohl gleich erscheinen, sich die Leute hier ansehen und über ihr Schicksal entscheiden. Fritzgen sah mich angstvoll fragend an.

„Was wird passieren?“ fragte er leise.

Ich zuckte die Achseln und wies mit den Augen nach oben.

Da kam Bewegung in die Leute. Der Kommandant genannte amerikanische Offizier fuhr mit einem Jeep in den Schulhof. Aller Augen richteten sich auf ihn, als er unser Klassenzimmer betrat. Ich stand der Tür am nächsten, sein Blick fiel auf mich. Er tippte mir leicht auf die Schulter und sagte in einem Deutsch englischer Färbung: „Ah, du hierbleiben zehn Tage, dann fahren, wohin du willst."

„Zehn Tage! Ich denke nicht daran", antwortete ich im stillen.

Er überflog den Raum, entdeckte Fritzgen und sagte: „Du feiner Mann, du kommen in Lager."

Fritzgen wurde also sein ordentliches Äußere, auf das er großen Wert legte, zum Verhängnis. Da ich ihn unmöglich seinem Schicksal überlassen konnte, sagte ich: „Das ist mein Begleiter. Wenn dieser Mann ins Lager kommt, gehe auch ich dorthin."

„Oh - eier Freind!?" sagte der Amerikaner mit faunischem Lächeln.

Ich war wütend. „Alte Schwester braucht keinen Freund. Er fährt mit mir, damit ich nicht allein auf der Landstraße bin. Wir sind mit Fahrrädern unterwegs."

Da ich so sprach, hielt ich dem Blick des Offiziers stand und mag recht zornig dreingeschaut haben. Mir war das Groteske meines Einspruchs gar nicht bewußt. Ich war einfach empört und fand es unerhört, jemanden ins Lager stecken zu wollen, ohne ihn angehört zu haben.

Merkwürdigerweise hatte ich Erfolg mit meinem Widerstand gegen die herrschende Gewalt. Der Offizier winkte Herrn Fritzgen und nahm ihn mit in ein Zimmer auf der anderen Seite des Flurs.

Tiefstes Schweigen herrschte im Raum. Dann hörten wir drüben den Offizier brüllen. Außer dem Wort „Nazischwein" konnte ich nichts verstehen. Gleich darauf vernahm man ein schallendes Lachen.

Mein Gebet war nur ein innerliches Stammeln: „Herr Jesus – Herr Jesus!" Wie mochte dem unglücklichen Fritzgen zumute sein? Durfte er wieder zu mir zurückkehren oder wurde er weggebracht?

Grau im Gesicht kam er zurück in unsere Schulstube, hinter ihm der Offizier. Noch einmal wandte er sich an mich: „Du und Mann zehn Tage jeden Morgen neun Uhr hier melden, dann können Sie gehen, wohin Sie wollen."

Ich wagte kein Wort mehr.

Fritzgen zitterte noch, als er draußen die Kette löste, mit der wir unsere Räder immer aneinanderkoppeln. Erst am Abend war er fähig, mir zu erzählen, was sich im Büro des Kommandanten abgespielt hatte. Auf die Frage, ob Fritzgen in der Partei gewesen sei, habe er wahrheitsgemäß mit nein geantwortet. „Lüge, alles Lüge", habe der Ami gebrüllt, „du Nazischwein wie alle Deutschen!" Was er sonst gewesen sei, habe er weiter gefragt. In seiner Verwirrung habe er, Fritzgen, geantwortet: „Katholik." Darüber habe der Ami laut gelacht. Ein Soldat, der im Zimmer gewesen sei, hat ihm zugeflüstert: „Demokrat", und das habe er dann auch gesagt.

Es war also glimpflicher abgelaufen, als ich befürchtet hatte. Für Fritzgen mag es schlimm genug gewesen sein.

Als wir die Schule verlassen hatten, ging ich in das gegenüberliegende Rathaus, um mich nach einer höheren Instanz umzusehen. In Roßla gab es leider keine. Der Stellvertreter des Bürgermeisters, ein Herr Roth, sagte mir, es heiße zwar, in Sangerhausen bekäme man Reisegenehmigungen, ihm sei aber kein einziger Fall bekannt, in dem eine ausgestellt worden sei. Er empfahl mir einen Gasthof im Ort, wo ich mit Fritzgen für zehn Tage gut Unterkunft bekommen könne. Dorthin wandte ich mich, wir bekamen zwei Zimmer, und Herr Fritzgen war erleichtert, weil ich vorerst keine Neigung zeigte, dem Befehl des Kommandanten zu trotzen und weiterzufahren.

„Wie ich Sie inzwischen kenne", sagte er, „wäre Ihnen das zuzutrauen."

Roßla, den 11. Juni 1945 (Montag)

Wir haben hier im Gasthaus mit so vielen gesprochen, mit Leuten aus dem Ort und mit den Urlaubern, die hier im Haus wohnen und seit Mai auf die Genehmigung warten, nach Hause reisen zu dürfen. Reisen heißt natürlich auch für sie, zu Fuß zu gehen. Von einem Zugverkehr ab Nordhausen wußte niemand etwas. Alle Anträge auf Reisegenehmigungen werden ohne Begründung abgelehnt. Wir werden also nicht nach Sangerhausen fahren, weder um Papiere für Fritzgen zu besorgen, noch um eine Reisegenehmigung zu beantragen.

An einigen Orten der nächsten Umgebung sind Registrierscheine ausgegeben worden, die den Verkehr innerhalb des Kreises gestatten. Wie, wenn ich für Herrn Fritzgen so einen Schein bekommen könnte? Ein Gast zeigte mir einen solchen Schein, einen Vordruck in Englisch und Deutsch, auf dem mit der Schreibmaschiene nur der Name, Wohnung, Geburtsdatum und der Beruf eingetragen sind. Darunter links ein Schnörkel als Unterschrift, rechts der Namenszug des Inhabers. Nicht einmal einen Stempel hat dieser Ausweis.

Der Abend ist nach einem heftigen Gewitter so voll Duft, und von dem Dachfirst der Scheune lockt mich eine Amsel ins Freie. So will ich noch einen kleinen Gang durch den Ort machen. Herr

Fritzgen sitzt, wie jeden Abend, in der Gaststube am großen runden Tisch in der Ecke, begierig, etwas Neues zu erfahren.

Notiz spät am Abend des gleichen Tages

Auf meinem Spaziergang traf ich Herrn Roth. Er kam über die Straße auf mich zu, um mir zu sagen, daß morgen hier Registrierscheine ausgegeben würden, allerdings nur für Ortsansässige. Ich solle versuchen, für mich und Herrn Fritzgen einen zu bekommen. Er selbst habe nichts mit der Ausgabe der Scheine zu tun, könne mir also dabei nicht helfen. Er erklärte mir, mit diesem Schein könnte ich die Weiterfahrt getrost wagen, nur die Kreisgrenzen müsse ich umgehen. Zwanzig Kilometer weiter wisse kein Amiposten, wo Roßla liegt.

Herr Roth nahm mich mit in seine Wohnung und zeigte mir anhand einer Karte, wie wir fahren müssen, um aus dem Kreis Sangerhausen zu gelangen. Ich habe Herrn Fritzgen noch nicht eingeweiht, bin aber, wenn wir den Registrierschein bekommen, zur Weiterfahrt entschlossen, ohne den Ablauf der zehn Tage abzuwarten.

Roßla, den 12. Juni 1945 (Dienstag)

Durch die tägliche Meldung in der Schule ist im Ort allgemein bekannt, daß wir Fremde sind. Sowohl die Amis wissen es als auch die Einheimischen, denn unser „Fall" hat sich als einmalig herumgesprochen. Wie sollen wir also an die Scheine kommen?

So überlegte ich. Tief im Herzen kam mir die Antwort. Sind nicht alle Registrierscheine der Welt in Gottes Hand? Ist es ihm nicht ein Geringes, uns zu diesen Scheinen zu verhelfen, obwohl sie nur an Einheimische abgegeben werden, obwohl der Bürgermeister sie mir nicht beschaffen kann, obwohl ein jeder weiß, daß wir nicht hier ansässig sind, obwohl uns der Kommandant zehn Tage aufhalten will – obwohl – obwohl –

Wie einfach es war, die Scheine zu bekommen!

Wir waren, wie üblich, auf dem Schulhof, um uns zu melden. Der „Kommandant" kam mit seinem Jeep und entließ uns mit einem Winken der Hand.

In dem Augenblick, als wir am Rathaus vorbeikamen, fuhren dort drei Personenautos vor. Junge Mädchen stiegen aus, Amisoldaten holten aus dem Kofferraum einige Schreibmaschinen und trugen sie ins Rathaus. Es ging um die Ausfertigung der Registrierscheine.

Ich fragte eine herumkommandierende junge

Dame, ob ich mithelfen könne beim Ausschreiben der Scheine.

„Ja", antwortete sie mir, „wenn Sie eine Schreibmaschine mitbringen." Unsere Wirtsleute stellten mir sofort ihre Reiseschreibmaschine zur Verfügung. Ich zog damit zum Rathaus und half den ganzen Tag beim Ausstellen der Scheine. Auf diese Weise kam ich auch an unsere Registrierscheine.

Um sechs Uhr abends wurde Feierabend gemacht. Ich wäre am liebsten noch heute abend aufgebrochen. Dafür war aber Herr Fritzgen nicht zu haben. Die zehn Tage seien noch nicht vergangen. Wie, wenn wir noch einmal geschnappt und vor den Kommandanten gebracht würden!

Vergeblich versuchte ich ihm zu erklären, die Begegnungen mit Herrn Roth gestern abend, seine ausführlichen Hinweise bezüglich der Kreisgrenze und der Besitz der Scheine, das alles sei mir wie ein Wink des Himmels. Ich beschwor ihn, sich nicht so sehr vor den Menschen zu fürchten, sondern auf Gottes Hilfe zu vertrauen. Erst nach langem Hin und Her zeigte er sich, wenn auch widerstrebend, bereit, morgen nach der Meldung in der Schule aufzubrechen. Ich mußte ihm mein Ehrenwort geben, sofort umzukehren, wenn eine Kontrolle nach Festnahme aussähe. Das Wort Festnahme nannte ich übertrieben, aber er fragte, wie man die Art, in der wir abgeführt und hierher gebracht worden seien, und unseren Arrest anders nennen solle.

Ich kann und darf ihm nicht sagen, wie viele Male ich bete, Gott möge alle Furcht und Unsicherheit von mir nehmen, er möge mir Zuversicht schenken und die Überzeugung, daß meine Fahrt für Direktor Icks nicht vergeblich ist, er möge mir Gewißheit darüber geben, daß mein Entschluß, aufzubrechen, ohne die zehn Tage hier abzuwarten, gut und richtig ist. Ja, ich bitte Gott um ein Zeichen, einen Hinweis. Das Versprechen, das ich Herrn Fritzgen gegeben habe, soll mir zum Zeichen werden. Wenn wir morgen aus dem Kreis Sangerhausen herauskommen, ohne aufgehalten zu werden, will ich es als Zeichen nehmen, daß mein Entschluß richtig ist. Dann will ich trotz aller noch kommenden Aufenthalte und Umwege stille sein und darauf vertrauen, daß mein Bemühen nicht vergeblich ist und daß ich rechtzeitig mit der gesuchten Urkunde nach Osterlau zurückkehre.

In meinem Herzen streiten unablässig Zuversicht und Zweifel. Das menschliche Herz ist ein trotzig und verzagt Ding, wie Luther sagt.

Auf einem entlegenen Bauernhof bei Warburg,
Samstag, den 16. Juni 1945

Panne – ganz große Panne. Ich bin in eine Glasscherbe von Faustgröße gefahren. Zu meiner Ehrenrettung muß ich sagen: während ich mit dem Vorderrad der einen Scherbe auswich, fuhr das Hinterrad auf die andere.

Herr Fritzgen tut mir leid, da er nun draußen auf dem Hof Schlauch und Mantel flicken muß. Das Unglück wäre wohl kaum passiert, wenn ich mich nicht von ihm zu dem Feldweg hätte überreden lassen.

Seit Mittwoch ist alles glatt verlaufen – und nun dieser Aufenthalt! Am Mittwochmorgen, vor unserm Gang zur Schule, rechnete ich mit unsern Wirtsleuten ab. Alle diese Dinge läßt Herr Fritzgen mich erledigen. Ich bat, man möge von unserm Aufbruch kein Aufhebens machen. Herr Fritzgen pumpte vorsorglich die Räder auf, schnallte meinen Koffer auf den Gepäckträger und packte seinen Rucksack.

In meinem Zimmer knieten wir nieder, und ich befahl unser Vorhaben in Gottes Hände. Herr Fritzgen, sichtlich bewegt, sagte: „Ja, Schwester, mit Gott wollen wir es also wagen."

Wir gingen hinüber zur Schule. Der Kommandant fuhr gerade in den Schulhof ein. Er kam auf uns zu und sagte: „Genug, Sie können gehen, wohin Sie wollen."

War das nicht wunderbar?

Wir holten unsere Räder und fuhren in den hellen Tag hinein. Wie Musik klang uns das „Okay" der Kontrollposten im Ohr, wenn sie uns die Registrierscheine zurückreichten.

Wir blieben auf dem Wege, den mir Herr Roth empfohlen hatte. So kamen wir, wenn auch auf Feldwegen und nach mühsamem Schieben der Räder, unangefochten in den Kreis Grafschaft Hohnstein, wo wir am Abnd Quartier und Verpflegung bei einer freundlichen Frau bekamen. Am Donnerstag ging es weiter bis Neuendorf, nahe den Kreisgrenzen Worbis, Duderstadt und Göttingen. Nach langem Herumfragen bekamen wir bei einer Lehrerin Unterkunft. Sie sagte uns, Neuendorf sei eine Sprachinsel. Daher hörten wir hier westfälischen Dialekt, was uns gleich aufgefallen war. Die Einwohner dieses Orts, der mitten in einer evangelischen Gegend liegt, sind durchweg katholisch.

Wir wurden freundlich bewirtet. Mich interessierten die Bilder hoher geistlicher Würdenträger, die ringsum an den Wänden hingen. Die Lehrerin erzählte, das seien ihre Brüder, die Söhne der greisen Mutter, die im Lehnstuhl saß.

Irgendwo in der weiten Welt wirken die Söhne dieser welken Frau. Auf den Dielen, über die wir schritten, hatte sie ihre Kinder um sich spielen gesehen, hier in diesem Haus hatten sie das erste Wort sprechen und gewiß auch die Hände falten gelernt. In Ehrfurcht und Liebe werden sie wohl an ihre Heimat denken.

In dieser Mutter sah ich das Schicksal der Mütter in der ganzen Welt, wie es sich immer wiederholt und immer gleich bleiben wird. Eines Tages sind sie allein, das Leben draußen geht weiter und über sie hinweg und vergißt sie. Es ist ihnen genug, wenn sie im Herzen ihrer Kinder weiterleben. Sie finden sich damit ab, ihr Kind an das Leben zu verlieren, und es ist ihr größter Verlust, wenn der Tod ihnen eines nimmt. Wohl der Mutter, die ihr Kind im Leben wie im Tode in Gottes Händen weiß.

Ich habe noch Zeit, Dir ein wenig weiter zu berichten. Herr Fritzgen hat noch eine Zeitlang mit dem Rad zu tun. Ein Glück, daß wir wider Erwarten so bald diesen Bauernhof, fernab der großen Straße, erreichten. Hier fand sich alles, was zum Flicken eines Rades nötig ist, sogar Gummi für den zerschnittenen Mantel. So höre denn weiter von unsern Erlebnissen.

Am Freitag um die Mittagszeit hatten wir auch einen Aufenthalt durch mein Rad. Am Ortseingang von Niedernjesa fragten wir in einer Gärtnerei nach der unerläßlichen Schüssel mit Wasser. Dort bekamen wir sogar ein gutes Mittagessen. So waren wir nicht auf unser Brot und Büchsenfleisch angewiesen. Nicht ein Tag ist vergangen, an dem wir nicht eine warme Mahlzeit hatten. Bisher gab es auch keine Schwierigkeiten, ein gutes Quartier für die Nacht zu bekommen.

Heute morgen überquerten wir die Weser bei Veckerhagen. Unsere Sorge, ob die Fähre in Betrieb sei und ob wir dort vielleicht besonders scharf kontrolliert würden, erwies sich als unbegründet. Der Fährmann sah uns kommen und wartete mit der Überfahrt. Weit und breit war kein Posten zu sehen.

Im Gasthaus von Varlosen, wo wir übernachtet hatten, bekamen wir zu der frühen Stunde, da wir immer aufbrachen, kein Frühstück. Wir sahen uns jetzt nach einer Möglichkeit um, wo wir die erste Mahlzeit einnehmen konnten. Ich fragte aufs Geratewohl an einer Haustür, und wir wurden freundlich aufgefordert, einzutreten.

Wie freute ich mich, an der Wand den „Neukirchner Kalender" zu sehen! Wir hatten nun nicht nur Stärkung für den Leib, sondern durch ein gutes Gespräch auch für die Seele. Ich hatte den Eindruck, daß sich unsere Gastgeberin ebenso freute wie ich, einer verwandten Seele zu begegnen.

Hinter Veckerhagen ging es bergauf durch einen wundervollen Eichenwald. Wir empfanden gar nicht, daß wir die Räder schieben mußten, so groß war unsere Freude an den herrlichen alten Bäumen. Noch nie und nirgends habe ich einen solchen ausgedehnten Wald von alten Eichen erlebt.

In Hofgeismar wimmelte es von Amis. Das war

ein Dämpfer auf unser Hochgefühl. Herr Fritzgen wurde von Minute zu Minute unruhiger und drängte, aus der Stadt herauszukommen. An einer Kreuzung überlegte ich, welche Richtung wir einschlagen müßten. Als ich Herrn Fritzgen sagte, wir müßten über Obermeiser fahren, wandte sich ein alter Forstbeamter mit schneeweißem Bart an mich: „Sie sind hier fremd, wie mir scheint. Wenn ich Ihnen einen Rat geben darf, meiden Sie Obermeiser."

Er ging ein Stück Weges mit uns und erzählte, in Kassel sei ein neues Kommando eingerückt. Niemand dürfe im Raum Kassel-Obermeiser ohne besonderen Ausweis die Straße passieren. Er kannte sich gut aus, und ich schrieb mir die Route auf, die zu fahren er uns empfahl. Wir trennten uns von dem Mann mit herzlichem Dank.

Ehe wir weiterfuhren, blieb ich am Straßenrand stehen und fragte Herrn Fritzgen, ob wir Gott nicht erst danken sollten für diesen Ratgeber, den er uns geschickt hat, und ob es nicht gut sei, Gott in der neuen kritischen Situation um seinen besonderen Schutz zu bitten. Herr Fritzgen nickte, und so haben wir auf der Landstraße unter freiem Himmel unsere Hände gefaltet und um Gottes Geleit gebeten.

In Erlinghausen, wo wir auf unsere Frage nach dem Weg nicht nur Auskunft erhielten, sondern auch zum Mittagessen eingeladen wurden, hörten wir wieder von scharfen Kontrollen.

Bei der Weiterfahrt fragte Herr Fritzgen jeden, der des Weges kam, wo ein Posten sei. Bisher hatte er das noch nie getan. Mein Entschluß war, auf dem Wege zu bleiben, den der Forstmann uns gewiesen hatte.

So kamen wir der Straße nach Warburg, auf der wir weiterfahren wollten, immer näher. An einer Biegung sahen wir in etwa 300 Meter Entfernung an der Hauptstraße einen Doppelposten stehen. Auf der Straße wartete ein LKW, wie wir einen auf der Fahrt zwischen Sangerhausen und Roßla kennengelernt hatten. Am Straßenrand saßen Leute, die wahrscheinlich mit diesem Wagen transportiert werden sollten. Ja, transportiert, diese unfreiwilligen Fahrten kann ich nicht anders nennen.

Wie mir das Herz schlug! Links von unserem Weg ging ein Feldweg ab. „Sollen wir hier nicht besser doch abbiegen?" fragte ich. Herr Fritzgen schüttelte den Kopf.

„Man hat uns schon gesehen, es hat keinen Zweck."

Noch 200 Meter – noch 150 – noch 100 Meter – da kamen aus Richtung Warburg zwei junge Leute die Straße herauf. Gleichzeitig mit uns erreichten sie den Posten. Einer von ihnen betrachtete meinen Schwesternausweis und den Registrierschein, ich bekam beides zurück. Die jungen Leute, die der andere Ami kontrollierte, durften nicht weiter. Ich betete einen Stoßseufzer.

Würde man Herrn Fritzgen weiterfahren lassen?

„Okay."

Herr Fritzgen steckte seinen Registierschein in die Brieftasche. Wir stiegen auf und fuhren weiter. Endlich wieder eine glatte, asphaltierte Straße. Ein Hirte weidete am Straßenrand seine Schafe. Er rief uns an, ich hörte etwas von Polen und Plündern, kümmerte mich aber nicht weiter darum. Herr Fritzgen aber blieb zurück. Als er mich wieder eingeholt hatte, sagte er mir, wir dürften auf keinen Fall die Straße weiterfahren. Der Schäfer habe dringend davor gewarnt. Alle Leute würden von herumstreunenden Polen ausgeplündert.

„Es ist die Straße, die uns der Forstmeister nannte", widersprach ich. „Haben wir nicht für diesen Ratgeber gedankt? Haben wir uns nicht auf diesem Weg ganz besonders in Gottes Schutz begeben?"

„Nun ja, aber der Schäfer wurde uns ebenfalls in den Weg geschickt."

„Das entbehrt jeder Logik, Herr Fritzgen. Ich möchte annehmen, daß er uns begegnen mußte, damit unser Vertrauen geprüft würde. Ich hätte im Vorbeifahren seine Warnung gar nicht verstanden."

Was ich auch sagte, Herr Fritzgen war diesmal geradezu störrisch und nicht zu bewegen, auf der schönen glatten Straße zu bleiben. Des Überredens müde, folgte ich ihm auf den Feldweg, in den er einbog. Keine drei Kilometer waren wir gefahren, da saß ich mit dem Hinterrad in der Glasscherbe.

Meerbusch, den 19. Juni 1945 (Dienstag)

Gestern abend, kurz vor Beginn der Ausgangssperre, kamen wir bei Familie Fritzgen an.

Mein Herz ist voll Zuversicht und Dank, jede Frage ist zum Schweigen gekommen. Ich habe kein Rad mehr und muß noch so viele Kilometer zurücklegen. Ich frage nicht, wie ich weiterkomme. Gott weiß es.

Es fällt mir nicht leicht, alles der Reihe nach zu erzählen.

Am Samstag kamen wir nach beendeter Flickarbeit nur noch bis Rhoden. In der Gaststube, wo wir für Geld und gute Worte nur ein fades bierähnliches Getränk zu unserem Brot und Fleisch bekamen, breitete ich auf dem Tisch die Autokarte aus. Sie reichte nur bis Brilon. Seit Roßla gab es keine gesperrten Straßen mehr, ich hatte mich gut nach der Autokarte richten können. Nun, dachte ich, irgendwie werden wir uns schon zurechtfinden, nur kann ich nun nicht mehr die kürzesten Wege aussuchen. Herr Fritzgen hatte eine ganz andere Sorge. Unser Fleischvorrat ging zu Ende, und das Brot reichte auch nicht mehr weit. Ich vertröstete ihn: Haben wir nicht immer zu essen gehabt? Er meinte jedoch, wenn man hier schon nichts mehr bekommen könnte, wie es dann werden solle, wenn wir näher an die großen Städte herankämen. Nun, wir hatten noch für einen ganzen Tag Proviant.

Essen und Trinken waren meine geringste Sorge. Um mein Rad war ich bekümmerter.

Richtig, am nächsten Morgen klopfte Herr Fritzgen schon vor fünf Uhr an meine Tür und meldete, der Hinterreifen meines Rades sei wieder platt, aufpumpen sei vergeblich.

Im Haus war noch niemand munter. Wir beschlossen, wie uns die Wirtin am Abend vorgeschlagen hatte, durch die Hintertür zu gehen und nicht erst nachzuforschen, ob im Ort eine Möglichkeit sei, das Rad gründlich repariert zu bekommen. Am Sonntag würde sich niemand mehr bereit finden, uns zu helfen.

Die Sonne war schon auf ihrer Bahn, der Wald duftete berauschend, und die Gegend lud zu fröhlicher Wanderung ein. Wenn nur die Umstände nicht so mißlich gewesen wären!

Wie wir so, die Räder schiebend, dahintrotteten, bemerkte ich noch einmal, daß wir die große Panne tags zuvor wahrscheinlich nicht gehabt hätten, wenn wir auf dem Wege geblieben wären, den uns der Forstmeister empfohlen hatte.

„So halten Sie es für eine Strafe Gottes, daß wir jetzt schieben müssen?“ fragte Herr Fritzgen.

„Nein“, antwortete ich, „es ist vielmehr die natürliche Folge von unserem Kleinmut. Wir haben noch immer nicht gelernt, trotz aller Erfahrungen, die wir unterwegs gemacht haben, Gott rückhaltlos zu vertrauen und in diesem Vertrauen auch etwas zu wagen.“

„Wer sich in Gefahr begibt, kommt darin um", zitierte Herr Fritzgen und fuhr fort: „man soll Gott nicht versuchen."

„Wenn ich mein Vorhaben in Gottes Hände lege, ein ganz uneigennütziges Vorhaben, und wenn Gott mir obendrein einen Menschen schickt, der sich mit Weg und Steg auskennt und uns den gefahrlosesten Weg sagt, und wenn ich mich an diesen Rat halte, kann ich das nicht ‚Gott versuchen' nennen."

Unter solchen Gesprächen kamen wir weiter, aber schon spürte ich, daß sich meine Schuhe nicht für einen weiten Fußmarsch eigneten. Die bequemen Schuhe hatte ich beim Schuhmacher zurücklassen müssen, weil ihm das Material für neue Sohlen fehlte. Ich gab Herr Fritzgen zu verstehen, daß ich schon meiner Füße wegen sehen müsse, mein Rad fachgemäß geflickt zu bekommen.

„Ich habe gleich am ersten Tag gesehen, als ich den Schlauch flickte, daß er nicht bis zum Rhein durchhalten würde", sagte er. „Das aber setzt allem die Krone auf, erst fahren Sie in die Scherben, und nun fangen Sie an zu klagen und wollen nicht laufen. Wie sollen wir denn jemals nach Hause kommen?!"

Daran dachte er nicht, daß wir auch wieder zurück nach Osterlau müssen. Ich glaube jedoch, ich fahre besser ohne ihn.

Nun, ich machte mir auf dem Weg hinter Rhoden keine Gedanken über die Rückfahrt. Im Augenblick sah es mit der Hinfahrt böse genug aus. Mittags erreichten wir Bredelaer. Dort wurde mein Mut durch eine freudige Begegnung gestärkt. Im Türrahmen der Bahnhofswirtschaft stand eine gute alte Bekannte von mir, Frau Schneider, vielleicht erinnerst Du Dich?

An Weiterfahren dachten wir nicht mehr. Sie sagte, in der Nähe sei eine Werkstatt für Autos, dort würden auch Räder in Ordnung gebracht. Ich solle heute ausruhen, dann könnten wir morgen das Rad reparieren lassen und mit neuer Kraft weiterfahren.

Das leuchtete uns ein, und da gute Verpflegung winkte und saubere Betten für die Nacht, nahm ich auch diesen Aufenthalt aus Gottes Hand. Herr Fritzgen, der es ohnehin nicht so eilig hat wie ich, tröstete sich mit der Aussicht auf gute Weiterfahrt.

Es kam alles ganz anders. Am nächsten Morgen mußten wir drei Stunden warten, bis das Rad fertig war. Endlich war es soweit, ich freute mich nach den verlorenen Stunden schon auf ein zügiges Fahren. Da gab es einen Knall. Der Lehrling, der das Rad geflickt hatte, hatte zu hart aufgepumpt, und nun war der Schaden größer als zuvor.

„Der Schlauch ist hin", sagte Herr Fritzgen.

Ich wollte das Wrack zu Frau Schneider bringen in dem Gedanken, es dort später wieder abzuholen. Aber Herr Fritzgen protestierte energisch.

„Wir wollen jetzt keine Minute mehr verlieren, Schwester. Das Rad ist sowieso reif für den Schrott."

Er schraubte meinen Gepäckträger auf sein Rad, schnürte alles Gepäck darauf, und dann trotteten wir los. An einer Quelle hielten wir Mittagsrast. Besorgt betrachtete Herr Fritzgen den Rest unseres Proviantes. Ich überschlug und sagte: „Wenn ich alle Umstände bedenke: das Rad ist hin, die Karte zur Orientierung fehlt, der Mundvorrat geht zu Ende, dann meine ich, daß wir das alles gar nicht mehr brauchen."

„Schwester, jetzt fangen Sie an zu spinnen."

„Ich mache Ihnen einen Vorschlag", fuhr ich fort, „fahren Sie allein weiter."

„Wieso? Und Sie?"

„Irgendwie werde ich schon weiterkommen. Ein Lastwagen mit Rückwanderern, wie uns vorhin einer überholte, nimmt mich vielleicht mit."

„Und wie ist das mit dem Versprechen, Sie nicht im Stich zu lassen, das ich Herrn Direktor gegeben habe?"

„Ich entbinde Sie von diesem Versprechen."

Davon wollte er nichts wissen. Ich wolle ihn nur los sein, sagte er und war richtig beleidigt. Es hieß also gemeinsam weitertippeln. Nichts ist schlimmer als unbequemes Schuhwerk beim Wandern. In Brilon gab ich auf, zumal uns ein

Gewitter zwang, Unterschlupf zu suchen. In einer Scheune hatte ich Gelegenheit, meine schmerzenden Füße auf einer Schütte Stroh auszuruhen. Ich war so erledigt, daß es mir gar nichts ausmachte, während des strömenden Regens hier auszuharren. Es ging auf den Abend zu, als wir das schützende Dach verlassen konnten. Auf unsere Frage nach Quartier wurden wir in eine Schule gewiesen. Dort gäbe es Verpflegung und Unterkunft.

Herr Fritzgen sicherte sein Rad, und wir begannen jeder auf eigene Faust, in den Klassenzimmern nach einem Schlafplatz zu suchen. In einem Raum mit Feldbetten machte man mir einen Platz frei, ich belegte ihn und verfügte mich verabredungsgemäß wieder in den Schulhof. Dort traf ich Herrn Fritzgen bei der Gulaschkanone. Wir waren dankbar für die warme Suppe, die ausgeteilt wurde. Ich aß, ohne eine Miene zu verziehen, mit einem Löffel, den gerade jemand anders benutzt hatte. An Saubermachen war nicht zu denken, es hätte zu lange aufgehalten, erst zur Wasserleitung zu laufen. Viele andere Leute warteten auf einen freiwerdenden Löffel. Ich beschloß, die Rückfahrt nicht ohne einen Löffel anzutreten.

Nach dem Gewitter war es zu schön draußen, um schon ins Stroh zu kriechen. Wir kamen schnell ins Gespräch mit anderen Leuten, die sich wie wir im Schulhof ergingen, und erhielten wichtige Hinweise für die Weiterfahrt.

Es hieß, von hier aus sei es leicht, ins Ruhrgebiet zu kommen. Man brauche nur diesen grünen Schein – jemand zeigte mir einen grünen Zettel mit Unterschrift und Stempel –, um mit einem Lastwagen fahren zu dürfen. Täglich fuhren LKW nach Duisburg, Dortmund und Essen, um Kohlen zu holen.

„Gehen Sie morgen frühzeitig zum Rathaus, Schwester", riet man mir. „Dort bekommen Sie diesen Schein. Es stehen allerdings immer ein paar hundert Leute dafür an."

Ehe wir uns trennten für die Nacht, verabredete ich mit Herrn Fritzgen den Aufbruch am nächsten Morgen auf fünf Uhr. Ich wagte ihm nicht zu sagen, was ich plante.

Wie viele Wenn und Aber würde er haben, wenn er wüßte, daß ich versuchen will, ohne den grünen Schein mit einem Lastwagen weiterzukommen!

Zum Greifen dick war die Luft in dem Raum, wo ich die Nacht zuzubringen gedachte. Es roch nach Schweiß, Staub, Schmutz, nassen Windeln und der Kohlsuppe aus der Gulaschkanone, die hier im Raum verzehrt worden war. Die Mütter protestierten bei meiner bescheidenen Frage, ob man ein Fenster öffnen könne. Es gäbe immer Durchzug, wenn jemand zur Tür hereinkäme oder hinausginge. Da könnten sich die Kinder erkälten.

In einer Ecke halblautes Gemurmel. „Ruhe",

rief jemand. Ein Kind schrie auf, gleich waren drei, vier andere Kinder wach, riefen nach der Mutter, fingen an sich zu balgen.

Kein Gedanke an Schlaf.

„Ich gehe ein wenig nach draußen“, sagte ich zu meiner Nachbarin, die mit einem etwa zwölfjährigen Mädchen die schmale Pritsche teilte, und überließ ihr meinen Schlafplatz. Ich nahm meine Decke und setzte mich auf die Stufen der breiten Treppe.

Schritte näherten sich. Eine alte Frau – ach nein, so alt war sie gar nicht – kam die Treppe herunter. Sie setzte sich zu mir. „Dieser Treck“, begann sie, „dieser Treck von Meißen nach dem Rheinland, das ist eine Erholungsreise gegen die Flucht aus dem Osten im vergangenen Winter.“

Und dann hörte ich von Fußmärschen durch Schnee und Kälte, hörte von jammernden Kindern und hungernden Müttern; von Frauen, die auf der Straße zusammenbrachen mitten in den Geburtswehen; von Hunger und grenzenlosem Elend; von Kindern und Greisen, die erfroren oder verhungert am Wege liegenblieben. Es hörte sich an wie aus einem Kolportageroman, ist jedoch Wahrheit, furchtbare Wahrheit. Die Frau neben mir sah alle diese Bilder des Elends mit den gleichen Augen, mit denen sie mich so ruhig anblickte im Lichte des Mondes, das breit zum Treppenfenster hereinflutete.

Von ihrem eigenen Kind erzählte sie, das unterwegs gestorben ist. Erfroren? Verhungert? Ich konnte ein Stöhnen mitleidenden Jammers nicht unterdrücken.

„Gott war barmherzig", sagte die Frau sanft, „in meinen Armen ist es eingeschlafen ohne einen Laut des Schmerzes oder der Klage. In meinen Armen ist es steif und kalt geworden. Mein Kleines ist gut aufgehoben, dort, wo es kein Leid gibt und keine Tränen."

Ich war erschüttert. Welche Ergebung in Gottes Willen! Wie beschämte mich diese Frau.

Aneinandergelehnt fielen wir in einen schlafähnlichen Zustand. Halb schlafend, halb wachend überdachte ich unseren Weg von Osterlau bis hierher. Wir hatten stets ein gutes Lager für die Nacht, täglich genug zu essen. Unser Weg, zumeist bei Sonnenschein, führte uns durch landschaftlich reizvolle Gegenden, und den Aufenthalt in Roßla konnte ich und kann ich auch jetzt nur positiv bewerten.

Was war meine Sorge um des Direktors Urkunde gegen die Not und das Leid dieser Frau? Eine Erholungsreise hatte sie den jetzigen Treck genannt. Damit hatte sie meinem Unternehmen beinahe den richtigen Namen gegeben.

Die ganze Nacht hindurch war Unruhe im Haus. Hier ging eine Tür, dort tappten Schritte. Der Strahl einer Taschenlampe huschte über den Korridor, irgendwo schrie ein Kind.

Noch ehe es Tag wurde, taumelten übernächtige Gestalten über die langen Flure, die Treppen herunter. Sie trugen ihre Habe auf den Hof, um rechtzeitig aufbrechen zu können und die Fahrgelegenheit zu erwischen. Wie ich erfahren hatte, endete hier die Ausgangssperre bereits um fünf Uhr.

Auch Herr Fritzgen war vor der verabredeten Zeit aufgeschreckt worden. Mit dem Glockenschlag um fünf setzte sich der Zug aus dem Schulhof in Bewegung. Zum Marktplatz war es nicht weit. Von allen Seiten strömten Menschen herbei. Waren es zweihundert, waren es dreihundert oder noch mehr, die den Platz bevölkerten? Ich konnte es nicht abschätzen. Alle schleppten Bündel und Säcke, Koffer und Kartons, zum Bersten vollgestopft.

Ich trug nur meine Handtasche. Mein Koffer war aufs Rad geschnallt, das Herr Fritzgen neben mir herschob.

„Wir sollten nicht erst lange Zeit verlieren und stundenlang auf diesen grünen Schein warten und dann wieder wer weiß wie lange auf ein Auto", sagte er, „inzwischen sind wir längst viele Kilometer zu Fuß gegangen."

Ich gab keine Antwort, ich war viel zu sehr mit meinen Gedanken beschäftigt. Merkwürdig, mit einem Male war ich fest überzeugt, daß wir noch am gleichen Tage ans Ziel kämen. Kein Rad, keine Autokarte, keine Proviant mehr – Gott weiß das doch. So dachte ich immerfort. Ein bärtiger Alter erschien auf dem Markplatz, läutete mit einer Handschelle und gab bekannt, daß zwei Lastwagen kämen. Der mit Anhänger fahre nach Essen, der andere nach Dortmund.

„Wir müssen also auf den Lastwagen mit Anhänger steigen“, sagte ich.

„Wieso?“ fragte Herr Fritzgen. „Wir haben den grünen Schein doch gar nicht.“

„Wer will hier kontrollieren, wer einen Schein hat und wer nicht?“ Was mein Begleiter erwiderte, hörte ich nicht mehr. Der erste LKW rollte heran, ein großer Laster mit Anhänger.

Ein Sturm auf das Fahrzeug begann. Ohne Gepäck hatte ich es leicht. Ich rannte über den Platz und war, ich weiß selbst nicht, wie, eins, zwei, drei, auf dem Anhänger. Schon flogen die Bündel und Koffer auf den Wagen, da war auch Herr Fritzgen mit dem Rad herangekommen. Er hob es mir entgegen, ich zog es herauf, Herr Fritzgen folgte.

„So etwas von Frechheit habe ich nie erlebt“, sagte er.

„Wieso Frechheit?“ strahlte ich ihn an. „Auf dieses Auto habe ich schon gestern den ganzen Tag gewartet. Ich wußte nur noch nicht, wo es stehen würde. Ich glaube, wir sind heute abend zu Hause.“

Verständnislos schüttelte Herr Fritzgen den Kopf. Das Gedränge um uns machte eine weitere Unterhaltung unmöglich. Wir standen dicht gedrängt wie Heringe, so konnten wir wenigstens nicht umfallen.

Die nicht gerade bequeme Fahrt ging ein Stück durch das Sauerland und weiter über den Ruhrschnellweg. Kurz vor zwei Uhr hielt der Lastwagen in Essen am Bahnhof.

Bahnhof? Nein, da war eine Bretterbude, nicht größer als ein Zeitungskiosk mit der Aufschrift: „Auskunft". Daneben ein ausrangierter D-Zugwagen für den Fahrkartenverkauf.

Ich erkundigte mich, wann ein Zug nach Düsseldorf führe.

„Dreizehn Uhr fünfundfünfzig."

Ein Blick auf die Uhr; das ist in fünf Minuten.

„Kann man Fahrräder mitnehmen?" fragte ich.

„Ja, bis vierzehn Uhr."

Ich winkte Herrn Fritzgen, der auf der anderen Straßenseite wartete, löste die Fahrkarten, mußte für die Radkarte noch an einen zweiten Schalter, die Treppe hinauf, der Zug steht abfahrtbereit. Das Rad in den Gepäckwagen, Rucksack und Koffer herunter, der Schaffner reißt eine Abteiltür auf, hinein, die Tür knallt zu, wir fahren!

Es war kaum zu fassen. Gestern um die gleiche Zeit, so gingen meine Gedanken, rasteten wir am Bach im Walde, und jetzt waren wir auf der letzten Etappe unserer Reise. Es war so unglaublich, so unwahrscheinlich – und doch, es war Wirklichkeit!

Herr Fritzgen sah wie verklärt aus, auch er

konnte es kaum fassen. In Kettwig mußten wir umsteigen und zu Fuß durch das Städtchen auf die andere Seite der Ruhr gehen, da die Eisenbahnbrücke zerstört ist.

Wie oft sind wir diese Straße gegangen, mein lieber Sohn! Erinnerungen stiegen auf. Meine Freude wurde leicht überschattet, da ich nicht weiß, wo Du bist, wohin Dein Weg führt. Ich muß bei diesem Gedanken mein Herz immer fest in die Hände nehmen und um Glauben und Zuversicht bitten, daß Gott auch Dich geleiten und eines Tages heimbringen wird.

Jenseits der Ruhr ist am Bahndamm eine Art Bahnsteig behelfsmäßig eingerichtet. Wir mußten lange auf den Anschluß nach Düsseldorf warten. Wir setzten uns ins Gras und verzehrten den Rest unseres Vorrates. Dabei fiel uns ein, daß es heute unsere erste Mahlzeit war. Wir hatten weder Zeit zum Essen gehabt, noch daran gedacht. Als wir dann endlich weiterfuhren, hörten wir im Zug, daß Düsseldorf-Rath die Endstation sei. Auf meine Frage, wie man auf die andere Rheinseite komme – ich wußte, daß alle Rheinbrücken gesprengt waren –, erhielten wir die widersprechendsten Auskünfte. Sie stimmten nur in dem einen Punkt überein, daß in Himmelgeist eine Notbrücke sei. Ich kenne Düsseldorf gut genug, um zu wissen, daß man von Rath bis Himmelgeist mindestend zwei Stunden zu gehen hat. Fahrgelegenheiten, so sagte man uns, gäbe es nicht.

Es mag gegen siebzehn Uhr gewesen sein, als wir in Rath ausstiegen. Erspare mir, mein Sohn, Dir zu schildern, wie Deine schöne Heimatstadt aussieht. Es war ein trauriger Weg, den wir zurücklegten, und doch war mein Herz voll Zuversicht.

Unterwegs trafen wir die ersten Düsseldorfer Bekannten, auch Leute vom Ürdinger Werk. So hörte Herr Fritzgen, seine Familie sei gesund, und sein Haus habe weder durch Bomben noch durch den Beschuß gelitten. Wir erfuhren auch, daß man ohne Entlausungsschein nicht auf die linke Rheinseite käme. Die Kontrollen würden sehr genau durchgeführt. In der Schule am Aachener Platz sei die Entlausungsstelle.

Meine schmerzenden Füße vergessend, trabte ich neben Herrn Fritzgen her. Endlich erreichten wir die Aachener Straße, kurz nach neunzehn Uhr bogen wir zum Aachener Platz ein.

Eine Gruppe Schwesternhelferinnen kam uns entgegen. Ich ahnte, daß sie von der Entlausungsstelle kämen und jetzt Feierabend hatten.

Ich sagte das Herrn Fritzgen, da meinte er besorgt: „Was sollen wir machen? Wo gibt es hier etwas zu essen, und wo bleiben wir über Nacht?“

„Wir gehen ohne Entlausungsschein über die Brücke“, entgegnete ich.

„Das sieht Ihnen ähnlich! Sie denken wohl, daß es immer ohne Schein geht? Haben Sie nicht gehört, wie streng die Kontrollen sind?“

„Mein lieber Herr Fritzgen“, holte ich aus, „haben wir nicht erlebt, wie Gott uns bisher durch alle Schwierigkeiten geholfen hat? War es nicht so, wie es in dem Psalmwort heißt: ‚Kein Übel soll dir begegnen‘?“

„Roßla und Ihr Rad haben Sie wohl schon vergessen?“

„Nein, aber Roßla wollen wir nicht dramatisieren, es ist uns dort recht gut ergangen. Was mein Rad betrifft, so lag der Zwischenfall, wie ich Ihnen schon sagte, in erster Linie an unserem Kleinglauben.“ Diese Wendung des Gespräches war ihm unangenehm, er schwieg.

Wir gingen weiter. Der Aachener Platz war von Menschen belagert, die sich für den Aufenthalt über Nacht rüsteten. Ein paar Lastwagen, die Rückwanderer hierher gebracht hatten, bildeten eine regelrechte Wagenburg, Planen wurden dazwischen aufgespannt. Mit Decken und Mänteln machten sich die Leute ein Notlager zurecht. In den anliegenden Häuserruinen mit den „öden Fensterhöhlen“ wohnte jetzt nicht das Grauen. Der Lärm, der herausschallte, ließ darauf schließen, daß man auch dort begann, sich für die Nacht einzurichten.

Schweigend setzten wir unseren Weg fort, passierten einen schmalen Durchgang zwischen einem mit Stacheldraht abgegrenzten Raum, vorbei an einem Posten, der gelangweilt herumstand. Als wir die Straße erreicht hatten, die zu der

Brücke führte, wagte Herr Fritzgen endlich wieder eine Frage: „Was haben Sie eigentlich vor, Schwester?“

„Wir gehen über die Brücke.“

„Ohne Entlausungsschein? Wie denken Sie sich das?“

„Ich denke, wir haben nichts mehr zu essen, und drüben auf der anderen Rheinseite ist der Tisch für uns gedeckt. Wir haben kein Nachtquartier, und bei Ihnen zu Hause warten Betten auf uns. Gott weiß das, und deshalb glaube ich, daß wir über die Brücke kommen.“

„Das ist aller Vernunft zuwider. Überlegen Sie mal, was Sie da vorhaben. Sehen Sie dort die Autoschlange? Die wollen bestimmt alle noch heute hinüber, die haben bestimmt den Entlausungsschein. So unvernünftig ist kein Mensch, einfach draufloszugehen, ohne sich nach den Vorschriften zu richten. Bis wir an die Reihe kommen, kann es lange dauern. Sind wir dann endlich soweit, fragt man uns nach dem Entlausungsschein. Dann werden wir zurückgeschickt, wenn nicht Schlimmeres geschieht. Inzwischen wird es dunkel. Sie können kaum noch laufen, bedenken Sie das alles doch einmal ruhig und nüchtern. Für soviel Unvernunft, wie Sie an den Tag legen, habe ich einfach kein Verständnis.“

Von seinem Standpunkt aus hatte er recht. Menschlich gesehen war es für heute aussichtslos, über die Brücke zu kommen. Merkwürdigerweise konnte mich nichts in dem Glauben erschüttern, daß wir allen Hindernissen zum Trotz heute bei Herrn Fritzgens Verwandten landen, also über die Brücke kommen würden.

„Trauen Sie es Gott zu, Herr Fritzgen, daß er uns über die Brücke bringt!“

„Aber heute nicht mehr. Das glaube ich nicht.“

„Wir kommen heute noch über die Brücke, ich glaube es für Sie mit.“

Wie kam ich zu diesem kühnen Wort? Jetzt, da ich dies niederschreibe, mein Sohn, will es mir noch nachträglich allzu kühn, ja, vermessen erscheinen. Und doch hatte ich es aus Herzensgrund gesprochen!

Wir kamen in den flutenden Verkehr von herankommenden Autos. Radfahrer und Pferdefuhrwerke lenkten zu der Fahrzeugschlange ein.

Ein amerikanischer Soldat regelte die Einordnung der ankommenden Fahrzeuge, die über die Brücke wollten.

Ein Lieferwagen nahm dem Posten die Sicht. Da schlüpfte ich auf die rechte Seite, und ging an der Fahrzeugschlange entlang der Brücke zu. Herr Fritzgen blieb dicht hinter mir. Vorbei ging’s an Lastautos, Personenwagen, Omnibussen und Fuhrwerken aller Art.

Da rief jemand meinen Namen. Fräulein Hamann, eine frühere Kollegin von mir aus Osterrath, saß in einem kleinen Dogcart.

„Wo kommen Sie her, Schwester Berta? Wissen Sie etwas von Schwester Inge?"

Ich hielt mich nicht auf, sondern antwortete ihr im Weitergehen: „Ich warte drüben auf Sie. Können Sie mich ein Stück mitnehmen?"

„Selbstverständlich!" rief sie mir nach.

War nun schon die Fahrgelegenheit auf der linken Rheinseite gesichert, wuchs meine Zuversicht, und doch stammelte ich im stillen unaufhörlich: „Herr Jesus, du weißt, Herr Jesus –!"

Wie immer in kritischen Situationen, prägten sich mir die unbedeutendsten Einzelheiten ein. Der Stacheldraht, an dem wir entlanggingen, rostig und schadhaft, die zerfetzten Bäume, die trotz ihrer Wunden frische Triebe angesetzt hatten, die verschiedenen Fahrzeuge und die schwatzenden Menschen, die an den Autos standen und ergeben auf die Weiterfahrt warteten, und hinter mir Fritzgens Schritte, gedämpft durch den Staub unter unseren Füßen.

Da war das Ende der Autoschlange. Dreißig Schritte weiter wälzte der Rhein seine Wasser unter der Notbrücke hindurch. Fünf Schritte vor mir standen fünf amerikanische Offiziere im Gespräch beieinander.

Wo war meine Zuversicht? Meine Knie wurden weich.

Ich schluckte einmal, zweimal und wandte mich im Gehen zu Herrn Fritzgen um, der wie angewurzelt stehengeblieben war: „Kommen Sie, Herr Fritzgen."

Er gab sich einen Ruck.

Ich ging an den Offizieren vorbei, Schritt für Schritt, ohne besondere Eile, horchte nur gespannt, was hinter mir geschah.

Es geschah nichts.

Wir schritten auf die Brücke zu, vorbei an drei Amisoldaten, und betraten die schwankenden Bohlen, die über die Pontons gelegt waren. Von der linken Rheinseite kamen die schweren Lastwagen der Amis. In großem Abstand voneinander, um die Brücke nicht zu stark zu belasten, fuhren sie im Schritt an uns vorüber. Wir mußten uns dicht an das notdürftige Geländer drücken, um sie vorbeizulassen. Drüben wieder drei Amisoldaten, wieder fünf Offiziere, die die Passanten kontrollierten, die von der linken Rheinseite zur rechten hinüberwollten. Noch ein paar Schritte, dann war auch der letzte Posten passiert. „Geliebter Herr Jesus!" seufzte Herr Fritzgen auf. In seinen Augen blitzte es verräterisch.

Wir kommen über die Brücke, mein Sohn. Das ist mein Trost, wenn ich an Dich denke. Auch Du wirst über die Brücke kommen, aus der Fremde in die Heimat, aus der Einsamkeit des Herzens in die Fülle und Freude.

Heute morgen hatte ich in Uerdingen ein langes Gespräch mit dem Chef. Ich hatte viel zu erzählen von Osterlau und Direktor Icks, der mich dem Chef gegenüber vom Schweigen entbunden hatte. Zu meinen Reiseerlebnissen meinte der Chef: „Als Schwester kommen Sie überall durch, das macht die Haube."

Ich schüttelte den Kopf.

„Ach nein", entgegnete ich, „das macht der Glaube."

„Gewiß", meinte er, „der Glaube gibt Ihnen eine gewisse Sicherheit des Auftretens, die die Leute verblüfft. Das ist psychologisch durchaus zu erklären."

Ich sagte ihm, von Sicherheit könne kaum die Rede sein. Im entscheidenden Augenblick befalle mich immer die Furcht, ob es wohl gutgehen werde. Gott aber wisse, daß ich im Grunde meines Herzens alle meine Hoffnung auf seine Hilfe setze, und so trage er mich trotz all meiner augenblicklichen Verzagtheit durch die Schwierigkeiten hindurch.

Der Chef hörte aufmerksam zu, sah mich mit einem eigentümlichen Lächeln an und sagte: „Ich will es Ihnen abnehmen, Schwester, daß Sie alles im Vertrauen auf Gottes Hilfe tun."

Hier im Hause von Direktor Icks habe ich nicht nur den Schreibtisch durchsucht, sondern auch in dem verborgenen Kellerraum alle Papiere durchgesehen, in den Ordnern jedes einzelne Blatt gewendet – von der Urkunde fand ich keine Spur. Jetzt ist die Frage, wie ich nach Glandorf komme. Wie lange werde ich dazu brauchen, und welche Möglichkeit besteht, ohne Rad nach Osterlau zurückzukommen? Fragen über Fragen. Ich stehe jedoch noch zu sehr unter dem Eindruck unseres Erlebnisses an der Brücke, daß ich mir keine Sorge um das alles mache.

Gott weiß! Dieser Tag der Ruhe und Rückschau ist nötig und tut mir wohl. Im Schreibtisch fanden sich ein paar Autokarten, die werden mir in jedem Falle gute Dienste tun.

Meerbusch, den 22. Juni 1945 (Freitag)

Ich habe Herrn Dr. Körner, Direktor Icks' Schwiegervater, in Glandorf bei Osnabrück besucht.

Am Dienstagabend saß ich mit Tante Liska am offenen Fenster. Wir tauschten unsere Erlebnisse aus. Sie hatte auch so manches zu erzählen; wie sich ganz fremde Leute einfach im Haus einquartiert haben, wieviel Ärger sie dadurch gehabt habe und noch hat. Man hat ihr ein Zimmer gelassen, aber das Wasser muß sie sich im Keller holen, und auch sonst gibt es im Hause mißliche Umstände genug für sie.

Während wir uns unterhielten, läutete es. Draußen stand ein Arbeiter der Firma.

„Schwester, ich habe gehört, daß Sie wieder zurück nach Osterlau fahren. Könnten Sie mir einen Gefallen tun?"

„Selbstverständlich, wenn ich dazu in der Lage bin."

Er sagte: „Ich habe mir in Osterlau bei meiner Wirtin ein Rad geliehen, um hierher zu fahren. Als Pfand ließ ich ihr meine Wäsche und Garderobe zurück. Irgendwann wird man sie ja hierher schicken können. Nur weiß ich nicht, wie ich das Rad zurückgeben soll. Es ist ein Damenrad. Ich dachte, vielleicht könnten Sie ..."

Du wirst meine Freude begreifen, mein Sohn! Ich habe also wieder ein Rad. Der Mann brachte es mir noch am Dienstagabend, und ich startete am Mittwoch nach Glandorf.

Durch die Autokarte bestens orientiert, fuhr ich linksrheinisch in Richtung Duisburg.

In Rheinhausen gibt es auch eine Notbrücke. Kurz vor dieser Brücke kontrollierten die Amis alle Fahrzeuge. Während ich überlegte, ob ich versuchen solle, per Anhalter schneller weiterzukommen, hielt ein Viehwagen an der Kontrolle. Ich hörte, daß er nach Osnabrück führe. Ich fragte den Fahrer, ob er mich samt Fahrrad mitnehmen könne. Er war sofort einverstanden, klappte mir den Laufsteg für das Vieh herunter, und ehe ich es mir auf dem Strohballen in dem Anhänger ein wenig bequem gemacht hatte, begann die Fahrt.

Eine tolle Fahrt war das! Der Anhänger hopste durch unzählige Bombenlöcher auf den Straßen. Ich hatte Mühe, mich an einer Kuhkette festzuhalten. Gleichzeitig bangte ich um das Fahrrad. Würde es bei diesem Schütteln und Rütteln keinen Schaden nehmen?

Wegen der Plane, die über den Wagen gespannt war, konnte ich nicht hinaussehen. Manchmal hielt der Wagen, ich hörte Stimmen und entnahm der Wechselrede draußen, daß eine Brücke kaputt sei oder eine Straße nicht befahrbar. Spähte ich während dieser Haltepause zwischen Plane und Wagenplanke hinaus, sah ich nicht mehr als einen Trümmerhaufen, einmal eine

Schar Gänse, auch einmal den Teil einer zerstörten Kanalbrücke.

Nach zweistündiger Fahrt hielt der Wagen, um mich herauszulassen. Der Fahrer sagte: „Beinahe hätte ich vergessen, daß Sie nach Glandorf wollen."

Ich stand auf der Straße und sah mich um. Wir waren schon durch den Ort gefahren. Eine Sichel sirrte im Grase. Der Alte, der am Wegrand mähte, richtete sich auf, als ich ihn anredete und fragte, ob er mir sagen könne, wo ein Dr. Körner wohne, der mit seiner Frau hier evakuiert sei.

Der Mann zeigte auf ein Haus unweit der Straße, zu dem ein Wiesenpfad führte.

„Dort drüben wohnt er."

Ist es nicht wunderbar, daß ich zweihundert Meter vor dem gesuchten Haus abgesetzt wurde?

Ich will hier nicht schildern, wie freundlich der Empfang war, wie glücklich die alten Herrschaften waren, als sie hörten, was ich ihnen von Tochter und Schwiegersohn und ihrem einzigen Enkelkind berichten konnte. Als ich sagte, warum ich gekommen sei, rief Herr Körner aus: „Ach, diese ominöse Urkunde jenes Michael Gottlieb! Ich war entsetzt, als ich bei der Ahnenforschung unvermutet auf eine jüdische Großmutter stieß! Das konnte mich als höheren Staatsbeamten die Stellung kosten. Ich hatte nichts Eiligeres zu tun, als die Urkunde verschwinden zu lassen."

„Was für eine verdrehte Welt", sagte Frau Körner. „Vor einem Jahr hätte die Urkunde unserm Schwiegersohn die Stellung und das Leben kosten können, wenn er an die Front gekommen wäre, und jetzt geht es ihm an den Kragen, wenn er die Urkunde nicht vorlegen kann."

Um es kurz zu sagen: ich muß nach Idar-Oberstein fahren. Dort auf dem Pfarramt werde ich die Urkunde bekommen.

Frau Körner nötigte mich zum Ausruhen. Ich legte mich hin und wurde zum Mittagessen geweckt. Es gab die herrlischsten Eierkuchen, die ich seit langem gegessen habe, dazu Salat mit allen dazugehörigen Kräutern, es war ein Festschmaus! Frau Körner packte mir Wurst ein, Speck und Schmalz, Eier und auch Butterbrote für den Rückweg. Herr Körner gab mir das Wichtigste, seinen Ahnenpaß.

„Er wird es Ihnen leichter machen, die richtige Urkunde zu bekommen", meinte er, „und für meinen Schwiegersohn kann er als lückenloser Nachweis im Zusammenhang mit der Urkunde besondere Dienste leisten." Ich mußte ihm versprechen, den Ahnenpaß und eine Fotokopie der bewußten Urkunde zurückzubringen, sobald es mir möglich sei. Es könne sein, daß auch er sie eines Tages brauche.

Gegen sechzehn Uhr war ich schon wieder auf dem Rückweg. Von Glandorf nach Warendorf führt eine Lindenallee. Ich fuhr in ihrem Schatten und dem betäubenden Duft bei herrlichem Sonnenschein dahin. Die Chaussee war sehr einsam. Kaum, daß man hier und dort im Felde ein paar Bauern bei der Arbeit sah. Am Wegrand im Graben lagen Russen und Polen, die aus den hiesigen Lagern freigelassen worden sind. So stelle ich mir die Wegelagerer des Mittelalters vor. Erst am Abend hörte ich, daß sie sich auch so benehmen. Autos werden angehalten und ausgeplündert, Radfahrer überfallen. War deshalb die Straße wie ausgestorben? Mir hat keiner ein Haar gekrümmt.

Gegen Abend wurde es drückend schwül. So ungelegen mir Regen kam, so hoffte ich doch auf ein Gewitter, das Abkühlung bringen würde. Hinter Warendorf gesellte sich ein sechzehnjähriger Junge zu mir. Wir kamen in ein Gespräch. Er erzählte von seiner Mutter. Sie sei eine fromme Frau, bei ihnen zu Hause würde morgens und abends gebetet und in der Bibel gelesen.

„Sie können mir glauben, Schwester", sagte er, sichtlich bemüht, mich zu überzeugen, „beten kann ganz unmittelbar helfen. Ich kann Ihnen dazu gleich ein Beispiel erzählen. Ich war heute morgen in Gefahr, von den Ausländern überfallen und ausgeplündert zu werden. In meiner Not habe ich gebetet, und Gott hat mich behütet, niemand hat mir etwas getan."

Lächelnd hatte ich ihn angehört. Er mag meine Miene für Zweifel gehalten haben, denn er fügte hinzu: „So etwas gibt es, Schwester, Sie können mir glauben.“

Du kannst Dir wohl denken, mein Sohn, wie gut wir uns verstanden und wie uns das anschließende Gespräch den Weg verkürzte.

Ein heftiger Windstoß trieb uns Sand und Staub in die Augen, als wir Sendenhorst erreichten. Er war der Verbote des nahenden Gewitters. Der Junge konnte hier bei seiner Tante übernachten. Ich kam nicht dazu, mich nach einem Quartier umzusehen. Das Gewitter hinderte mich durch einen wolkenbruchartigen Regen daran. Mit den Leuten, die in der Gegend hamstern waren und hier auf Fahrgelegenheit warteten, suchte ich Deckung gegenüber der Molkerei in einer alten Scheune. Allerlei Gerümpel lag und stand da herum: verrostete Pflugschare, Eisenträger, unbrauchbare Autoteile, Holzlatten, verbeulte Eimer ohne Henkel und Boden und dergleichen mehr. In einer Ecke war Stroh aufgehäuft, das offenbar schon öfter als Lager benutzt worden war. Hier machten es sich alle bequem, soweit es die dürftigen Verhältnisse erlaubten.

Aus den Reden der Leute hörte ich, daß das Milchauto gewöhnlich einen Anhänger habe und die Anhalter ins Ruhrgebiet mitnähme.

Ich hoffte, noch anderswo unterzukommen, aber der Regen dauerte an, und so blieb mir nichts anderes übrig, als ebenfalls in der Scheune zu übernachten. Die besten Plätze im Stroh waren natürlich längst belegt. Zwei Landser rückten zusammen und machten mir Platz. Ich lag warm und weich. Aber – aber –

Du weißt, mein Sohn, wie zuwider mir starke Gerüche sind. Ich hätte mich mit dem Geruch von Leder, Staub und Schweiß zur Not abgefunden. Was mich aber schon bald an Ausdünstungen umgab, spottet jeder Beschreibung. Mir wurde übel. Ich versuchte, aus dem Dunstkreis dieser abscheulichen Gerüche zu entfliehen, aber vergeblich. Es war stockfinster. Um aus meiner Ecke herauszukommen, hätte ich die müden Leute aufschrecken und aus dem ersten Schlaf reißen müssen. Das konnte ich nicht. Hatten sie doch am nächsten Tag stundenweite Fußmärsche vor sich, wenn sich keine Fahrgelegenheit bieten sollte. Die Sache mit dem Milchauto war sehr unsicher.

Gegen zwei Uhr hörten wir das Hupen eines Autos. Sofort waren alle munter. Ich wurde gebeten, nachzusehen, ob es das Milchauto sei. Mir als Schwester würde man nichts anhaben, wenn ich trotz der Sperrzeit auf der Straße sei.

Es war das Milchauto, aber ohne Anhänger. Die Leute nahmen die Nachricht gleichmütig hin.

Ich zog es vor, nicht wieder in den Winkel der Scheune zurückzukehren. Das vorspringende Scheunendach bot mir Schutz vor dem nur noch sacht fallenden Regen.

Endlos erschienen mir die Stunden, die, vom

Kirchturm im Viertelstundenschlag verkündet, langsam vorbeirollten. Ich habe viel Zeit, an Dich zu denken, mein Sohn, an Dich und das Elend, das ich in all den Tagen auf meiner Fahrt gesehen habe und von dem ich Dir später noch erzählen werde. Ich hatte auch Zeit, an Gottes Güte zu denken, ihm zu danken für seine treue Führung und Bewahrung in all diesem Elend.

Ich dachte auch an Direktor Icks, der auf meine Rückkehr wartet – wartet – wartet –

Um vier Uhr brach ich auf. Nach der durchwachten Nacht erfaßte mich eine heiße Sehnsucht nach Heimkommen, nach Ruhe, Ordnung und Körperpflege. Ich war müde und nicht fähig, schnell zu fahren. Sonst waren die Morgenstunden für mich die besten, um vorwärtszukommen. Aus den Wiesen stieg der Nebel. Das Land breitete sich weit und friedlich vor mir, in Grün gebettet die sauberen Bauernhöfe, kein Strohhalm lag vor dem Hause, auf Hof und Straße. Am Wege sah ich häufig Christuskreuze, in Stein gehauen, aus Holz geschnitzt, geschmückt mit frischen Blumen. Diese Kreuze lenkten meine Gedanken auf den Auferstandenen. Dieser Jesus ist auferstanden, das macht die Erlösung vollkommen. Er lebt, und wir sollen mit ihm leben. Tod, wo ist dein Stachel, Hölle, wo ist dein Sieg? Gott aber sei Dank, der uns den Sieg gegeben hat durch Jesum Christum!

Wie verschieden die Menschen doch über das

Leben nach dem Tode denken, sofern sie überhaupt daran glauben und darüber nachdenken. Es gibt genug Menschen, die sich an ein Leben nach dem Tod klammern, und sei es, daß sie glauben, als Tier wiederzukommen. Eine Katze lief mir über den Weg. Ich lachte auf. Zu denken, als Katze wiederzukommen, nachdem man ein Mensch war, wäre das nicht ein zweifelhaftes Geschick? Warum halten sich die Menschen nicht an das Wort Gottes, das uns deutlich sagt, „sie werden empfangen, was sie geglaubt haben"?

Auferstanden, wahrhaftig auferstanden! Es wird gesät verweslich und wird auferstehen unverweslich, es wird gesät in Unehre und wird auferstehen in Herrlichkeit.

Die Wissenschaft kann es nicht deuten, der Verstand wehrt sich dagegen. Mein Herz aber wird froh in dem Glauben, daß Christus für mich gestorben und auferstanden ist.

Der Tag war da, die Straßen belebten sich. Am Horizont sah ich die Silhouetten der Hochöfen und Silos, der Gasometer und Kühltürme des Industriegebietes, auch die ersten Trümmer waren am Wege. Ich fürchtete, nicht weit zu kommen bei meiner Müdigkeit. Ich bat an einer Haustür, ob ich im Haus mein Frühstück einnehmen könne. Die Hausfrau stellte mir Kaffee auf den Tisch (unter Kaffee versteht sich immer ein Ersatzgemisch), Milch gab es hier nicht. Während ich aß, erzählte sie von ihrem Sohn. Auch sie wußte nicht, wo er sein mag, viel länger als ich war sie ohne eine Nachricht von ihm.

Die Sonne hatte inzwischen den Nebel aufgeschluckt. Nahe beim Haus führte die Autobahn vorbei. War es die glatte Bahn, war es die helle Sonne? Alle Müdigkeit war verflogen. Ich sauste auf der Autobahn dahin, und der Reiz des Vorwärtskommens trieb mich immer rascher weiter. Da kam das erste Hindernis. Eine Brücke lag zertrümmert im Kanal, wie ein geknicktes Streichholz, die Bruchstelle tief unten im Wasser. Während ich noch überlegte, was zu tun sein, kam ein Mann auf mich zu. „Ich helfe Ihnen, Schwester."

Er nahm mein Rad und balancierte auf dem Träger abwärts, ich rückwärts auf allen vieren hintendrein, an den Flansch des Trägers geklammert. Aufwärts ging es etwas leichter, wohlbehalten kam ich drüben an. Der Helfer wollte kein Geld für seine Mühe, aber mit einem Blick auf das Paket, das auf den Gepäckträger geschnallt war, fragte er, ob ich etwas für ihn zu essen hätte. Zufrieden schmunzelte er, als ich ihm ein Ei gab.

Nicht lange währte die Weiterfahrt, da hatte ich schon wieder eine zerstörte Brücke vor mir. Auch hier stand ein Mann zum Helfen bereit. Er sagte mir, er sei Bergmann und verdiene sich auf diese Weise Lebenmittel. Auf was für Ideen die Leute nur verfallen! Der Mann erklärte mir, wer hier auf der Autobahn daherkäme und über eine

Brücke müsse, komme vom Lande und habe immer etwas Nahrhaftes bei sich.

Wenn das so weitergeht, überlegte ich, habe ich bis Duisburg meine Vorräte verteilt.

Es ging nicht lange so weiter. Bei der nächsten Brücke in der Nähe von Gelsenkirchen waren die Trümmer schon weggeräumt. Drunten war auch kein Kanal, sondern eine Straße, auf der Arbeiter am Werk waren. Der Damm war sehr steil, ohne Hilfe konnte ich nicht hinunterkommen. Sollte ich umkehren, bis ich eine Möglichkeit fand, von der Autobahn zu kommen? Die Leute dort unten hörten mein Rufen nicht, durch den Lärm des Preßluftbohrers, mit dem sie hantierten. Schließlich warf ich kleine Steinchen hinunter. Das half. Einige Köpfe wandten sich nach oben, und schon war ein Mann, mir zu helfen, den Hang hinan unterwegs. Ich fragte nach dem Weg und fuhr weiter. Woher kam mir die Kraft? Ich weiß nicht, wie viele Kilometer ich gestern zurückgelegt habe mit allen Umwegen, die ich im Ruhrgebiet fahren mußte wegen zerstörter Kanal-und Straßenbrükken. Unvergeßlich, wie so mancher Eindruck meiner Radwanderung von Osterlau quer durch Deutschland, wird mir die Fahrt von Gelsenkirchen bis zum Übergang bei Rheinhausen bleiben, eine Fahrt durch öde, verwüstete Straßenzüge. Grau in grau alles ringsum, und in der prallen Sonne von einer verzweifelten Trostlosigkeit. Kein Haus, kein Baum, nur Schutt und Trümmer. Dort, wo einmal Grünanlagen waren, Rasen und Büsche verstaubt, die frischen Triebe vermochten nicht gegen das Kalk- und Ziegelmehl anzukommen, das der Wind durch die verödeten Straßen fegte. Die Drähte der Straßenbahn hingen herab, die Masten waren wie Streichhölzer geknickt und versperrten mir den Weg. Hier und da mußte ich Bombentrichter umfahren. Welch krasser Gegensatz zur Fahrt am Morgen!

Weißt du noch, Ekkehard, wie wir vor Jahren in Ratingen durch den Wald gingen und die Zerstörungen ansahen, die ein paar Tage zuvor ein gewaltiger Sturm angerichtet hatte? Wie anders sieht es aus, wenn die Natur mit jäher Gewalt zupackt und zerstört. Diese Trümmer haben etwas Großartiges. Aber auf dem Weg, den ich gestern fuhr, wirkte alles so armselig, mühsam und deprimierend. Wieviel menschliche Energien, wieviel Intelligenz, Kraft und Zeit sind aufgewendet worden, um diese Zerstörungen auszuführen! Wieviel Schönes und Nützliches hätte damit geschaffen werden können! „Jedoch der schrecklichste der Schrecken, das ist der Mensch in seinem Wahn!"

Noch einmal überraschte mich ein Gewitter, das mich zu einer Pause zwang, die ich schlafend bei freundlichen Leuten auf dem Sofa verbrachte. Mit neuer Kraft ging es weiter.

Ich hatte noch ein nettes kleines Erlebnis. Vor der Behelfsbrücke über den Rhein mußte man unter einer Eisenbahnunterführung hindurch. Die Straße senkte sich ein wenig, und hier hatte sich das Wasser vom Gewitterregen zu einem Schlammsee gestaut. Es sah komisch aus, wie die Leute hindurchwateten. Viele zogen Schuhe und Strümpfe aus, andere stiegen kurz entschlossen in das trübe Gewässer und balancierten dann entsetzt und hilflos, wenn sie zur Mitte des Sees kamen, wo ihnen das Wasser bis an den Bauch ging. Radfahrer versuchten durchzufahren, mußten aber mitten im Wasser absteigen und das Rad schultern. Den Autofahrern lief das Wasser in den Wagen. Und obwohl jeder sah, welche Schwierigkeiten sich boten, versuchten es doch immer wieder einige, das Hindernis um jeden Preis zu überwinden. Für die Zuschauer war es belustigend, dem heillosen Durcheinander zuzusehen.

Ich stand ratlos vor dem Hindernis. Wie sollte ich mit dem Rad durch die Unterführung kommen? Wo mochte es eine andere Gelegenheit geben, den Rhein zu überqueren? Wieviel Zeit würde mich der Umweg über Düsseldorf kosten?

Ich überlegte noch, da balancierte ein englischer Soldat auf einem kaum fußbreiten Sims an der Mauer der Unterführung herüber. Ein zweiter folgte ihm.

„Lady!" rief der erste der beiden, und winkte mir. Ich ließ mich nicht lange bitten. Ich reichte ihm mein Rad, er gab es an seinen Kameraden weiter, dann streckte er mir die Hand hilfreich entgegen. So kam ich trockenen Fußes hinüber.

Muß ich Dir noch versichern, daß ich vergangene Nacht geschlafen habe wie ein Murmeltier?

Heute morgen traf ich auf dem Wege zur Firma Herrn Fritzgen. Er fragte, wann ich nach Osterlau zurückkehren wolle. Bestürzt war er, zu hören, welche Strecke ich in den letzten Tagen ohne ihn zurückgelegt hatte.

„Was wird der Direktor in Osterlau sagen, daß ich Sie nicht begleitet habe!" rief er aus. Es war nicht schwer, ihn davon zu überzeugen, daß es für mich ohne ihn viel einfacher sei, vorwärtszukommen. Gern ließ er sich von seinem Versprechen entbinden. Er gestand mir, der Gedanke an die Rückfahrt habe ihn bisher daheim nicht ganz froh werden lassen. Nun, ich kann noch nicht an die Heimfahrt denken.

Idar-Oberstein, den 24. Juni 1945 (Sonntag)

Ich liege im Schwesternheim von Idar-Oberstein im Bett und schreibe diese Zeilen. Irgendwo im Haus wird gesungen. Die Schwestern halten wahrscheinlich ihre Abendandacht.

Warum ich im Bett liege? Keine Sorge! Ich war bis auf die Haut durchnäßt, da hat mich die Schwester kurzerhand ins Bett gesteckt, damit sie meine Kleider trocknen und in Ordnung bringen kann.

Nach der Ruhepause am Freitag war ich am Samstagmorgen mit neuer Kraft auf der Landstraße und auf dem Wege hierher. Mittags erreichte ich Bonn und hörte dort, man könne mit Güterzügen weiterkommen. Am Güterbahnhof ließ mich die amerikanische Kontrolle ohne weiteres passieren. Als ich durch die Sperre (es ist nur eine Lücke im Zaun) gehen wollte, hielt mich ein deutscher Bahnbeamter an und fragte nach dem Woher und Wohin. Er sagte, aus meinem Ausweis sei nicht zu ersehen, daß ich nach Koblenz müsse und so weiter und so weiter. Es fiel mir schwer, ihm ruhig Rede zu stehen. Vermag denn nichts den deutschen Bürokratismus auszurotten!?

Genauso lächerlich wie seine Einwände kam mir dann die Auskunft des Beamten vor: „Drittes Gleis, der Zug fährt gegen vierzehn Uhr."

Die flachen Güterwagen waren schon stark

besetzt. Ein Landser bot mir seine Kiste als Sitzplatz an. Wegen meines Rades fielen mißbilligende Bemerkungen. Ich saß zwischen Frauen und Kindern, alten Männern und Soldaten, zwischen Bündeln und Koffern. Die Sonne brannte, und das Gelände ringsum war an Trostlosigkeit nur durch die Trümmer des Ruhrgebietes zu übertreffen. Drüben auf dem Gleis stand ein Güterzug mit geschlossenen Waggons, besetzt mit Rückwanderern. Ich hörte, daß er nach Aachen führe. Zwischen den Gleisen hockten Frauen und Kinder. In rußigen Töpfen und verbeulten Konservendosen kochten sie zwischen den Nebengleisen. Brennholz hatten sie sich irgendwo zusammengelesen. Es gibt jetzt mehr Kleinholz, als uns lieb ist. Unter den Kochgeschirren qualmte es, ab und zu spritzte es von dem Inhalt der „Töpfe" zischend in die Glut. Ihrem Tun hingegeben, als ständen sie daheim vor dem Herd, achteten die Frauen nicht auf die Lok, die vor dem Zug rangiert wurde. Ein Bahnbeamter rief, der Zug sei sofort zu räumen, er führe nicht nach Aachen. Eine wilde Jagd begann. Einige schienen ihre Erfahrungen gemacht zu haben, sie kletterten in den Waggon und warfen ihre Bündel und Koffer heraus. Andere zögerten. Alles spielte sich in einem grotesken Wirbel ab. Der Zug war noch teilweise besetzt, da zog die Lok an, und der Zug setzte sich in Bewegung. Handkarren und hochbepackte Kinderwagen, die man gerade herausheben wollte, purzelten aus den Waggons, Frauen und Kinder sprangen aus dem langsam anfahrenden Zug. Ich muß mich wundern, daß niemand ernstlichen Schaden erlitt. Der Zug rollte davon, und die Zurückgebliebenen begannen ihre Siebensachen zu sortieren.

Ich verglich die Gelassenheit, nein, die Sturheit dieser Leute mit meiner Ungeduld. Aber da ist nichts zu vergleichen. Mich treibt ein Termin vorwärts, eine Aufgabe. Diese bedauernswerten Menschen haben wahrscheinlich weder im Osten, wo sie herkommen, noch im Westen ein Heim. In Thüringen oder wo immer sie evakuiert waren, haben sie sich als unliebsame Gäste gefühlt, und im Westen, wo ihre Heimat ist, liegen ihre Häuser in Trümmern. So kommt es ihnen nicht darauf an, wann sie ihr Ziel erreichen. Mir aber war es des Wartens schon zu lange. Jetzt, da der eine Zug weggefahren war, sah ich weiter drüben noch einen Zug stehen. Eben wurde eine Lok davorgekoppelt. Ich kletterte von meinem Plateauwagen herunter, ließ mir mein Rad anreichen und stelzte damit über die Schienen. Ein Bahnbeamter sagte mir, der andere Zug sei nicht für Zivilpersonen, er sei vom Amis besetzt. Aber er wolle mich im Bremserhäuschen unterbringen. Mein Rad verstaute er auf dem letzten Wagen, auf dem ein Panzer verladen war. Ich hatte ein unangenehmes Gefühl im Gedanken an das Rad, nicht nur, weil ich es brauchte, sondern auch weil es geliehen war. Ich kletterte aus dem Bremserhäuschen und lief zum letzten Wagen, um dort zu sitzen, wo das Rad war. Kaum hatte ich den Panzerwagen erklommen, da wurde der Wagen abgehängt. Inzwischen war einer der Amis aufmerksam geworden, half mir wieder herunter, holte auch mein Rad und erlaubte mir, im Waggon des amerikanischen Zugpersonals mitzufahren.

Ich bekam Platz auf einer schmalen Bank. Außer drei Amis fuhr der deutsche Bahnbeamte samt Frau und Töchterchen mit. Die Amis freundeten sich schnell mit dem siebenjährigen Mädelchen an. Die Kleine hatte, wie uns die Mutter sagte, bereits einige Brocken Englisch aufgeschnappt und schwatzte munter mit den Soldaten drauflos. Einer der jungen Männer zeigte uns Bilder von seiner Frau und seinem Kinde. Er machte uns verständlich, das Mädel sei jetzt schon sechs Jahre alt, er habe es drei Jahre lang nicht gesehen.

Der Zug rollt durch die schöne Rheinlandschaft. Wir beide, mein Sohn, sind vor Jahren diese Strecke mit dem Rad gefahren. Ich gedachte in diesem Augenblick jener glücklichen Tage.

Der Zug rollte vorbei an den Lagern von Remagen und Sinzig. Der Gedanke, Du könntest zwischen den armen Gefangenen dort sein, preßte mir das Herz zusammen.

Über dem Strom wölbte sich der Himmel, schimmernd wie Perlmutter. Langsam zog die

Nacht von Osten her den Vorhang über sein hohes Gewölbe. Die Farben verschwammen. Trost kam mir aus dem Glauben: Gott ist immer da, Gott ist auch mit Dir, mein lieber Ekkehard.

In Bingen mußte ich aussteigen, es war zwei Uhr nachts. In meine Decke gehüllt, legte ich mich am Ende des Bahnsteigs auf die Erde, die Handtasche als Kopfkissen benutzend. Um vier Uhr weckte mich die Kühle des Morgens. In Richtung Kreuznach ging es bergauf, bergab. Ich fand wieder freundliche Menschen, die mir zu meinem Brot etwas Warmes zu trinken boten und mir frisch gepflückte Stachelbeeren und Pfirsiche für die Weiterfahrt mitgaben. Glockengeläute erinnerte mich daran, daß Sonntag ist. Sollte ich in eine katholische Kirche gehen? Eine evangelische konnte ich nicht entdecken. Ich hielt im Weiterfahren meinen Gottesdienst im Herzen.

Der Wind trieb mich vorwärts. Wind als Vorbote eines Gewitters. Plötzlich war ich in einer Regenwand. Ich konnte keine zwei Schritte weit sehen. Das Rad rollte in rasendem Tempo talwärts, ich konnte die Bremsen nicht meistern. Den aufgeweichten Sommerweg wagte ich nicht zu benutzen, fuhr also mitten auf der Fahrbahn. Wenn mir ein Fahrzeug entgegengekommen wäre, ich hätte es weder gehört noch gesehen, so brauste und rauschte der Regen, tobte der Sturm. Den Gedanken, beim nächsten Haus Unterschlupf zu suchen, verwarf ich gleich wieder. Ich war nun schon durchnäßt. Nur weiter, weiter im strömenden Regen! Ich dachte an die armen Männer in den Lagern. Auch bei Kreuznach hatte ich sie gesehen. Ohne Schutz waren sie Wind und Wetter, Regen und glühender Sonne ausgesetzt. Und was mochten sie zu essen haben?

So plötzlich, wie ich in den Regen hineingekommen war, fuhr ich hinter Kirn wieder in den Sonnenschein hinein. An den Wegweisern sah ich, daß es bis Idar-Oberstein nicht mehr weit war.

Kurz nach dreizehn Uhr erreichte ich das Pfarrhaus, an das mich Herr Dr. Körner verwiesen hatte. Auf mein Läuten öffnete mir ein junges Mädchen, dem ich kurz andeutete, daß ich in höchst eiliger und wichtiger Angelegenheit aus Thüringen käme. Bald darauf erschien der Pfarrer, dem ich die Grüße von Dr. Körner ausrichtete und mein Anliegen vortrug.

Er bat mich, ihm ins Erdgeschoß in sein Dienstzimmer zu folgen, und sagte beim Hinuntergehen: „Ich weiß nicht, ob ich Ihnen helfen kann. Wir haben alle Urkunden, die vor achtzehnhundert ausgestellt sind, nach Koblenz schicken müssen. Dort sind sie bei einem Angriff verbrannt."

Zeitlebens werde ich diesen Augenblick nicht vergessen. Mir war, als würde der Boden unter meinen Füßen weggezogen, als stürze ich in einen Strudel und würde in eine unergründliche Tiefe gerissen. Mir schwindelte, ich konnte kaum atmen.

Bedenke, mein Sohn, ich fahre von Thüringen zum Rhein, fahre von dort nach Glandorf und wieder zurück, mache mich auf den Weg hierher und wähne mich am Ziel. Ich weiß, nur hier kann ich die Urkunde bekommen, die für Direktor Icks die Freiheit bedeutet, wenn nicht das Leben. Wie von einem grellen Blitz beleuchtet, stehen diese Tatsachen vor meiner Seele in dem Augenblick, da ich erfahre, die Urkunde sei verbrannt. Immer, wenn ich daran denke, werde ich mich die Stufen hinuntergehen sehen, die leicht gewundene Treppe, über die Fliesen im Hausflur, werde die hohen braunen Türen vor mir sehen, deren eine der Pfarrer jetzt aufschloß. Mühsam brachte ich die Worte heraus: „Es handelt sich leider um eine Urkunde aus dem Jahre siebzehnhundertdreiundfünfzig."

Und nun kam der zweite Wirbel, der von unten nach oben.

„Siebzehnhundertdreiundfünfzig?" wiederholte der Pfarrer. „Suchen Sie etwa die Urkunde von jenem Israel Gottlieb, der sich bei der Geburt seiner jüngsten Tochter noch mit siebenundfünfzig Jahren taufen ließ? Er bekam den Namen Michael. Seine Nachkommenschaft war so zahlreich, daß fast alles, was aus Oberstein in die Welt gewandert ist, irgendwie mit diesem Nichtarier verwandt ist. Man erzählt sich, sogar der Kreisleiter stamme in direkter Linie von ihm ab." Der Pfarrer lachte. „Die Urkunde wurde so häufig verlangt, daß wir davon eine genaue Abschrift haben."

Wie mir in diesem Augenblick, so muß einem Ertrinkenden zumute sein, wenn er jede Hoffnung auf Rettung aufgegeben hat und plötzlich von einem Strudel erfaßt und nach oben gerissen wird.

Der Pfarrer vertröstete mich auf morgen früh, da er den Schlüssel für den Aktenschrank nicht habe. Den verwahre ein Amtmann. Der Pfarrer meinte, ich müsse mich ohnehin erst einmal trocknen, das könne ich im Schwesternhaus gleich um die Ecke. Morgen früh kann ich mir die Urkunde holen.

Während mir eine Schwester hier im Hause half, ins Bett zu kommen, liefen mir die hellen Tränen über die Wangen, Tränen der Freude und der Erleichterung, Tränen des Dankes und des Glücks.

Meerbusch, den 27. Juni 1945 (morgens)

Ehe ich ins Werk fahre, um die Fotokopie der Urkunde abzuholen, will ich ein kleines Erlebnis von meiner Rückfahrt aufschreiben.

Die Schwestern in Oberstein hatten mir Frühstück gegeben. Ich schob mein Rad bergan. Als sich um die Mittagszeit der Hunger meldete, betete ich innerlich: „Herr Jesus, es ist Essenszeit, zeige mir bitte eine offene Tür, wo ich etwas bekomme."

Ich hob den Blick, und siehe da, ein Gasthaus stand an der Straße mit einer offenen Tür.

Nun will die Bezeichnung „Gasthof" heute nicht sagen, daß man als Gast willkommen ist und etwas zu essen bekommt.

Es bedeutet schon viel, wenn einem der Wirt ein unbestimmbares Getränk vorsetzt. Dennoch zögerte ich keinen Augenblick, durch die offene Tür einzutreten. Der Duft von ausgelassenem Speck drang vielversprechend aus der Küche. Die Wirtin mochte meine Schritte in der Gaststube gehört haben, sie erschien im Türrahmen und fragte nach meinem Begehr. Ich sagte mein Sprüchlein, verschwieg auch nicht, daß ich keine Lebensmittelkarten hätte.

Nein, nicht einmal auf Marken könne sie mir etwas geben. Und warum ich keine Lebensmittelkarten hätte?

„Ich bin nicht von hier, hatte in Oberstein etwas

zu erledigen und bin jetzt auf dem Wege nach Neuss am Rhein."

„Neuss?" rief eine Stimme aus dem Hintergrund, und die Tochter der Wirtin tauchte auf. „Wenn Sie schon einmal nach Neuss fahren, können Sie mir einen Brief mitnehmen?"

Auf diese Weise kam ich an ein feines Mittagessen: Kartoffelbrei mit Specksoße und grünem Salat, als Nachtisch ein Schlüsselchen Kirschen. Nicht einmal zu bezahlen brauchte ich!

27. Juni 1945 (abends)

Vorhin, als ich die Fotokopie abholte, traf ich im Werkshof eine Gruppe aufgeregter Leute. Herr Krekeler, einer unserer Ingenieure, war mit seinem Opel von Osterlau gekommen. Kaum hatte er mich entdeckt, fuhr er mich an: „Wo bleiben Sie, Schwester? Direktor Icks wartet auf Sie! Wissen Sie überhaupt, was von ihrer Rückkehr für ihn abhängt?"

„Ich weiß es", sagte ich schockiert, „meine Rückkehr hat aber nur unter bestimmten Voraussetzungen einen Sinn."

Der Chef mischte sich ein.

„Wann fahren Sie zurück nach Osterlau, Herr Krekeler? Sie können die Schwester gleich mitnehmen."

Krekeler entrüstet: „Haben Sie eine Ahnung, was es heißt, bei den heutigen Verhältnissen von Osterlau hierher zu kommen! Ich habe drei Tage dazu gebraucht, und muß mich erst von den Strapazen ausruhen. Vor Montag fahre ich auf keinen Fall."

Der Chef lachte laut auf.

„Bis Montag, mein lieber Herr Krekeler, ist die Schwester schon wieder hier, wenn sie morgen losfährt. Mit dem Rad scheint es keine so große Strapaze zu sein wie mit dem Auto."

Er blinzelte mich vielsagend an, das söhnte mich mit Krekelers Vorwurf aus.

Übrigens weiß er aus eigener Erfahrung, daß in Thüringen die amerikanische Besatzung von den Russen abgelöst wird. Er ist in den Strom der nach Westen abziehenden amerikanischen Truppen geraten. Nun wird es höchste Zeit, die Urkunde nach Osterlau zu bringen.

Osterlau, den 4. Juli 1945 (Mittwoch)

Ja, ich bin wieder in Osterlau. Im Garten lärmen Ellingers Kinder. Der Friede, die Geborgenheit dieses Hauses lassen mir die Erlebnisse der letzten Wochen fast unwirklich erscheinen. Angesichts der heiteren Sorglosigkeit der spielenden Kinder unter meinem Fenster muß ich meinen Gedanken Gewalt antun, um die Ereignisse der vergangenen acht Tage ins Gedächtnis zurückzuholen.

Vorigen Mittwoch war es, als ich mich im Uerdinger Werk vom Chef verabschiedete. Er gab mir Briefe mit, und auch beim Portier waren eine Menge Briefe zum Mitnehmen für mich abgegeben worden.

Ich brach am Donnerstag um fünf Uhr auf, fand an der Rheinbrücke Fahrgelegenheit bis Paderborn, und kam noch am gleichen Abend mit einem LKW bis Lichtenau und am nächsten Morgen mit dem gleichen Wagen bis Kassel. Von hier fuhr ich mit dem Rad weiter. Vor Iftha hatte ich die erste Panne mit diesem alten, geliehenen Rad, das ich nun bereits abgegeben habe. In Iftha fand ich auch einen gedeckten Tisch und ein Sofa zum Ausruhen. Sobald ich mich irgendwo hinlege, schlafe ich sofort ein. Ich wurde geweckt, als das Rad fertig war, und fuhr noch weiter bis Eisenach. Dort übernachtete ich im DRK-Heim. Am Samstag fuhr ich die restlichen Kilometer bis Osterlau. Ich hatte unterwegs manche freundliche Begegnung und angenehme Begleitung, was mir die weite Strecke verkürzte.

„Schwester", rief mit einem Seufzer unendlicher Erleichterung Direktor Icks, als er mich an der Türe empfing, „es ist die letzte Minute. Die Amerikaner sind bereits abgezogen, die Russen kommen vielleicht schon in dieser Nacht."

Wir saßen im Wohnzimmer beieinander, ich gab dem Direktor die Urkunde. Ich hatte den Vermerk dazusetzen lassen, daß der in der beglaubigten Abschrift ausgewiesene Gottlieb Israel identisch sei mit dem im Ahnenpaß verzeichneten Michael Gottlieb. Frau Icks sah ihrem Mann über die Schulter. Geradezu andächtig lasen sie Wort für Wort des Schriftstückes. Dann mußte ich erst einmal essen und dann erzählen.

Sie hatten schon alles für die Flucht vorbereitet. Freunde hatten einen Wagen besorgt, den Werksangehörige am Sonntag mit Koffern beladen ins Nachbardorf fahren sollten. Die Koffer standen bei einer anderen Familie bereit. Es durfte ja nicht bekannt werden, daß Direktor Icks fort wollte. Er wußte, gutwillig würde man ihn nicht gehen lassen, wenn jetzt ein anderes Regiment ans Ruder kam. Noch war der Bürgermeister im Amt, den die Amis eingesetzt hatten. Herr Icks hoffte ihn am Montagmorgen anzutreffen. Am Nachmittag wollten sie sich dann auf den Weg machen.

Wir saßen lange beisammen, es gab noch so viel

zu sagen. Unterdessen nähte Frau Icks alles Bargeld in Kleidungsstücke und in die Matratze des Kinderwagens. Meine Empfindungen, die mich dabei bewegten, vermag ich nicht in Worte zu fassen.

Ich übernachtete bei Icks' und verbrachte den Sonntag bei Ellingers. Sie wußten, daß ich in einer besonderen Mission unterwegs gewesen war. Wie freuten sie sich zu hören, daß alles gut abgelaufen sei.

„Wir haben täglich für das Gelingen gebetet", versicherten sie mir. Das ist das Band, mein lieber Junge, das die Kinder Gottes verbindet: das treue, fürbittende Gebet.

Am Montagnachmittag traf ich zur verabredeten Zeit Direktor Icks mit seiner Frau und der kleinen Eva im Sportwagen am Stadtpark. Sie waren ohne Mantel, so als wollten sie nur einen kleinen Spaziergang machen. Im Gehen erzählte er mir, der Bürgermeister habe die Urkunde geprüft und ihm angedeutet, es sei nun für ihn die höchste Zeit, mit seiner Familie zu verschwinden.

Ich begleitete die drei bis dorthin, wo der Park in den Wald übergeht. Herr Icks hielt meine Hand beim Abschied lange fest und sagte: „Ich danke Ihnen noch einmal, Schwester, und habe zugleich eine Bitte. Sie wissen, was ich in den nächsten Tagen brauche, bis wir vor etwaigen Verfolgern sicher sind. Und um dieses eine möchte ich Sie bitten."

Tief bewegt antwortete ich: „Sie brauchen es für Ihr ganzes Leben, mein lieber Herr Icks. Meine Gebete begleiten Sie. Gott wird Sie führen."

Er zog den Hut, senkte den Kopf und sagte: „Schwester, ich fange an zu glauben."

Ein Händedruck, eine Träne im Auge der jungen Frau, ein letztes „Auf Wiedersehen!".

Sie bogen in den Waldweg ein wie harmlose Spaziergänger und waren doch auf dem weiten Weg ins Ungewisse.

Osterlau, den 5. Juli 1945 (Donnerstag)

Auf dem Weg zu Ellingers großem Gemüsegarten traf ich einen Meister aus dem Uerdinger Werk, der mit seiner Familie noch hier ist. Er hatte es darauf angelegt, mich zu treffen. Ich ließ die Kinder vorgehen, um zu hören, was er mir zu sagen hatte.

Er erzählte, heute morgen sei man dahintergekommen, daß Direktor Icks mit Familie auf und davon sei. Der von den Russen eingesetzte, für das hiesige Werk Verantwortliche, ein in Osterlau ansässiger Kommunist, sei äußerst erbost über die gelungene Flucht. Es sei durchgesickert, irgendwie stände ich damit im Zusammenhang. Der Meister gab mir den Rat, mich aus dem Staube zu machen.

„Ich habe ein gutes Gewissen", sagte ich. Er meinte, darauf käme es heute nicht an. Icks hätte auch nichts Unrechtes getan. Was mich hier in Osterlau hielte? Wenn das Werk unter den Russen auch wieder in Betrieb genommen würde, käme meine Beschäftigung dort nicht mehr in Frage.

Ich bin der gleichen Meinung. Ich denke nicht daran, unter den veränderten Verhältnissen in der ehemaligen Firma zu arbeiten. Außerdem habe ich zunächst die Fotokopie und den Ahnenpaß Dr. Körner zu bringen, wie ich versprochen habe.

Es wäre Torheit, aus falsch verstandenem Glaubensmut auf eine etwaige Verhaftung zu warten. Zwar habe ich bei Ellingers eine Bleibe, möchte mich jedoch so bald wie möglich um eine geregelte Arbeit bemühen.

Eine Kiste mit Bettzeug und Wäsche, die ich hier verlagerte, steht noch auf dem Speicher in der Fabrik. Die werde ich zurücklassen müssen, wenn ich, wahrscheinlich endgültig, wieder westwärts ziehe. Das ist das Wichtigste nicht. Viel mehr beschäftigt mich die Frage, was aus mir werden soll.

Leipzig, den 7. Juli 1945 (Samstag)

Merkwürdig, wie sich die Dinge von selbst regeln. Am Donnerstag ging ich nach dem Abendessen zum Bahnhof, um zu hören, ob und wann ein Zug in westlicher Richtung führe. Da kam ein Arbeiter der Firma auf mich zu: „Gut, daß ich Sie treffe, Schwester. Was soll aus Direktor Icks' Möbeln werden? Sie haben das doch alles in der Hand."

War das eine Falle?

„Wie soll ich wissen, was mit den Möbeln werden soll", antwortete ich ausweichend.

„Man kann sie doch nicht einfach von den Banditen wegholen lassen!"

Ich mußte lachen.

„Wer will sie denn wegholen?"

Er nannte ein paar Namen von Leuten, die jetzt Wortführer im Werk sind.

„Was soll ich dagegen tun?" meinte ich.

Der Mann ließ nicht locker.

„Wenn ich nur wüßte, wo man sie hinbringen könnte, es gibt ja keine Möglichkeit, sie ohne Aufsehen wegzufahren."

Wir waren ratlos. Aller Autoverkehr ruht vollständig, die Russen haben keine Fahrzeuge zugelassen.

Wir redeten und überlegten hin und her, sprachen von diesem und jenem, der Osterlau beim Eintreffen der Russen schnell noch verlassen habe. Bei diesem Gespräch waren wir planlos durch die Straßen gebummelt, und standen nun ungewollt vor dem Speditionsgeschäft von Kerkmeier, Direktor Icks' Wohnung gegenüber.

Kerkmeier hantierte im Hof an einem Lastwagen.

„Sie wienern Ihren Wagen, Herr Kerkmeier, als wollten Sie damit über Land fahren", sagte ich.

„Das will ich auch", antwortete er, „wollen Sie mitfahren?"

„Wohin?"

„Ich muß morgen früh nach Leipzig, um für die Russen Material zum Bierbrauen zu holen."

Bei dem Wort „Leipzig" fiel mir ein, wie ernstlich ich gestern abend gebetet hatte, Gott möge mir zeigen, wohin ich gehen solle, wo in Zukunft mein Platz und Arbeit für mich sei. Ich bin zwar noch Angestellte der Uerdinger Firma, es ist jedoch unwahrscheinlich, daß ich dort als Werksschwester gebraucht werde, da das Werk in Uerdingen stillgelegt ist.

Der Arbeiter stieß mich an: „Das wäre die Gelegenheit!" Er meinte natürlich Icks' Möbel.

„Könnten Sie etwas mitnehmen?" fragte ich Kerkmeier.

Der witterte ein Geschäft.

„Gewiß, Sie müßten es nur gleich bringen, ich fahre morgen früh um fünf Uhr los. Worum handelt es sich denn?"

Der Arbeiter antwortete an meiner Statt.

„Es sind ein paar Möbelstücke. Wir brauchen Sie nur über die Straße zu tragen. Ich hole ein paar Leute von uns."

In einer Stunde war alles verladen, sogar meine Kisten hatten die Leute vom Speicher geholt. Kerkmeier fragte nicht nach dem Woher, nicht wieso und warum, er hielt es für besser, nichts zu wissen. Unglaublich, wie glatt alles ging. Niemand begegnete uns, der Fragen stellte, niemand hinderte uns, Icks' Möbel, einen Teppich, den Radioapparat und zwei Kisten aus dem Hause zu tragen.

Die Fahrt gestern morgen hierher kam mir ganz unwirklich vor. Ich war durchaus nicht so froh, wie ich hätte sein sollen über das Gelingen der Aktion. Ich bin es auch jetzt nicht.

Ist mein zukünftiges Domizil Leipzig, frage ich mich, da meine Habe und die Möbel bei Lore Platz gefunden haben?

Nein, hier möchte ich mich nicht niederlassen, wenn Hans auch meint, da ich nun schon einen Teil der Einrichtung hier hätte, wäre es für mich gewiß am besten, hier zu bleiben. Vorerst kann ich natürlich Direktor Icks' Möbel benutzen, bis ich weiß, wo er gelandet ist, und bis die Möglichkeit besteht, die Möbel dorthin zu schicken. Das kann noch lange dauern.

Ich will mir darüber noch keine Gedanken machen. Morgen besuche ich Herrn Demmler, den Leipziger Vertreter der Firma. Vielleicht hat er Post mitzugeben, wenn ich wieder westwärts starte. Nach Glandorf will ich Uerdingen besuchen, um die Frage meiner weiteren Beschäftigung im Werk zu klären.

Wüßte ich nur, wie man über die Grenze kommt, von der man so viel reden hört, die Grenze, die jetzt von Nord nach Süd durch Deutschland verläuft.

Leipzig, den 8. Juli 1945 (Sonntag)

Während ich noch darüber nachdenke, wie ich über die Grenze komme, hat Gott schon einen Weg für mich bereit. Ich schäme mich meines Kleinmutes, der mich bei dem Gedanken überfällt, in Leipzig leben zu müssen. Wo immer ich auch sein werde – bin ich nicht unter dem Schatten seiner Flügel?

Bei Herrn Demmler traf ich dessen Sohn, der vor einigen Tagen über die „grüne Grenze", wie er sich ausdrückte, gekommen ist. Er versicherte mir, es sei gar nicht schwierig, und beschrieb mir einen Weg bei Schwanefelde, dazu machte er mir eine kleine Skizze. Dort sei es so gut wie sicher, unangefochten hinüberzukommen. Schwanefelde sei zu Fuß in etwa einer Stunde von Hörsingen aus zu erreichen. Da wieder Züge verkehren, kann man, wenn auch mit häufigem Umsteigen, bis Hörsingen fahren.

Ich war sehr froh über diese Auskunft. Wir kamen dadurch auf die Fahrten zu sprechen, die ich hinter mir habe. Die beiden Herren, Vater und Sohn, hörten verständnislos zu. Wie kann man, so meinten sie, Gott dafür in Anspruch nehmen, um über eine Brücke oder eine Grenze zu kommen? Wie viele Menschen gingen täglich hinüber ohne Gottes Hilfe! Ob ich annähme, nur frommen Leuten glücke alles? Was ich ihnen da als Wunder, von Gott gewirkt, präsentiere, entbehre jeder Logik, sei gegen jede Vernunft.

Ich frage: Können wir Gott mit Logik beikommen, können wir ihn mit Vernunft begreifen? Gott – das ist eine andere Dimension, die nur im Glauben erfaßt werden kann, die sich aller Berechnung entzieht. Wer Gott mit Logik und Vernunft erfassen will, schüttelt über den Glauben an einen Gott, der sich um unsere alltäglichen Nöte kümmert, verständnislos den Kopf, er kann es nicht begreifen. So debattierten wir aneinander vorbei. Es war hier nicht, wie bei so mancher Begegnung auf meinen Wegen, ein Reden von Gott, sondern über Gott. Die beiden Herren gaben zu, die Lehre Christi sei eine gute Sache, wußten aber nichts damit anzufangen, am wenigsten in ihrem eigenen Leben und Alltag.

Nun, ich bin so vermessen, wie Herr Demmler es nannte, und nehme Gott für meine Alltagssorgen in Anspruch. Ich bin so vermessen im Blick auf seine Verheißungen, deren ich viele anführen kann: „Alle eure Sorgen werfet auf ihn" – „Befiehl dem Herrn deine Wege und hoffe auf ihn, er wird's wohl machen" – „Siehe, ich bin mit dir und will dich behüten, wo du hinziehst."

Und wenn der Herr Jesus in der Bergpredigt von den Lilien auf dem Felde und den Sperlingen spricht, gilt das nicht auch für mich, wenn er sagt: „Seid ihr nicht viel mehr als sie?"?

Da ich so rede und dies schreibe, wird mein

Herz wieder froh. Hat mir Gott nicht hier in Leipzig schon einen Platz eingeräumt und mir die Wohnungseinrichtung gegeben? Wird er mich dann nicht auch in dieser hungernden Stadt satt machen, so wie ich unterwegs nie Hunger zu leiden brauchte? Wird er mir nicht auch hier Freude schenken und alles, was zum „täglichen Brot" gehört, bis auf die „guten Freunde, getreuen Nachbarn und desgleichen"?

Ist mein Platz im Rheinland, so wird er mir dort Heim und Herd geben und Arbeit, um des Lebens Notdurft zu erwerben.

Eine Schwierigkeit, über die Grenze zu kommen, ist bereits überwunden. Nach den Grenzstationen werden keine Fahrkarten ausgestellt. Ich bekam sie auf meinen Registrierschein von Roßla, als ich vorhin auf dem Bahnhof war. Hörsingen liegt zwar viel weiter nördlich von Roßla. Die alten, versierten Beamten, die degradiert und von eilig angelernten Hilfskräften abgelöst worden sind, hätten wahrscheinlich Bescheid gewußt und mir die Fahrkarte verweigert. So hätte Herr Demmler die Sache erklärt. Ich kann nur meinem himmlischen Vater danken und mich wieder getrost auf die Reise begeben.

Ob Du zu Hause bist, mein lieber Ekkehard, wenn ich das nächste Mal zurückkomme? Ich lasse diese Tagebuchblätter hier zurück. Sollte ich bis zum 1. August nicht wieder in Osterlau oder hier sein, so versuche Dich nach dem Rhein durchzuschlagen. Du wirst bei Tante Liska erfahren, wo ich eine Bleibe gefunden habe.

Schenke Gott uns ein baldiges Wiedersehen, mein Sohn!

Glandorf, den 12. Juli 1945 (Donnerstag)

Ich schreibe am Fensterbrett der „Guten Stube" des Bauernhauses, in dem Herr Dr. Körner mit seiner Frau wohnt. Auf der Chaise ist mein Nachtlager zurechtgemacht. Durch das Umstellen der Uhren auf Sommerzeit ist es noch lange hell, so will ich noch ein wenig mit Dir plaudern, mein lieber Junge. Immer, wenn ich vor einem Blatt Papier sitze und meine Erlebnisse aufschreibe, ist es mir, als spräche ich zu Dir.

Am Montag kam ich nur bis Haldensleben, da der Zug in Magdeburg mit viel Verspätung eintraf. Erst am späten Nachmittag hatte ich Anschluß. Die Frage, wo ich übernachten könnte, beantwortete mir schon im Zug eine junge Frau, die mir Quartier in ihrem Hause anbot. Meine recht dürftige Verpflegung konnte ich schonen, weil ich freundlich und für die heutigen Verhältnisse reichlich bewirtet wurde. Wenn man aus der Großstadt kommt, wundert man sich, was es in ländlichen Gegenden zu essen gibt. Dabei muß ich an Uerdingen denken. Unsere Arbeiter, die in Büderich, Osterrath und den umliegenden ländlichen Orten wohnen, werden mich mit Gemüse, Obst und Kartoffeln versorgen, wenn ich dort irgendwo arbeite. Zugleich steht das Zimmer in Leipzig mit Direktor Icks' Möbeln vor mir, und ich rufe mich zur Ordnung, um nicht in einen Zwiespalt zu geraten. Ist es denn Zufall und selbstverständlich, daß ich auch auf dieser Reise alles bekomme, was ich brauche, ohne mich darum zu bemühen?

Herr Demmler hatte für den Grenzübergang die frühen Morgenstunden empfohlen. In Hörsingen, wo ich gestern morgen aus der Kleinbahn stieg, traf ich zwei Herren und eine junge Frau, die auch bei Schwanefelde über die Grenze wollten.

Die Herren erzählten, wie schwierig es seit ein paar Tagen sei, hinüberzukommen. Die Posten seien verstärkt worden und ließen niemanden durchschlüpfen. Auf dem Weg drehten sich alle Gespräche nur um das Thema, wo und wie man hinüberkommt. Mich bekümmerten alle die Ortsnamen nicht, die genannt wurden. Ich zeigte den Herren und der jungen Frau die Skizze von Herrn Demmler.

„Mir wurde geraten, auf diesem Wege zu gehen“, sagte ich. „Ich werde mich daran halten.“

Die Herren lachten mich aus. Ich hätte ja keine Ahnung, wie sich seit einer Woche die Verhältnisse geändert hätten. Man müsse in Schwanefelde erst mal die Lage peilen.

Es ergab sich, daß die Herren ein Stück vorausgingen. Die junge Frau meinte, ich schiene meiner Sache so sicher zu sein, ob sie sich mir anschließen dürfe. Sie habe zu mir mehr Vertrauen als zu dem Hin- und Hergerede der beiden Männer.

Ich erklärte ihr, wie ich zu der Skizze gekommen sei, woher meine Entschlossenheit komme, sagte ihr auch, die Verantwortung für sie wolle ich nicht übernehmen, sie könne sich mir jedoch gern anschließen. Sie möge dabei ihr Vertrauen nicht auf mich setzen, sondern auf Gott, der allein zu bewahren und zu führen vermöge.

„Das ist wunderbar, Schwester", sagte sie mit einem glücklichen Lächeln, „so hat Gott das Gebet meiner Mutter erhört. Ehe ich mich auf den Weg machte, hat sie mit mir gebetet, Gott möge mich beschützen und mir jemand zum Geleit schicken. Ich habe, das muß ich ehrlich sagen, nicht so recht daran geglaubt, daß Gott ein solches Gebet ganz unmittelbar erhören würde. Und nun erlebe ich diese Erhörung! Wie wird sich meine Mutter freuen, wenn ich ihr das erzähle."

Wir sprachen nun nicht mehr vom Grenzübergang, sondern von Gottes Führung, von seiner Treue und Liebe, die in Bethlehem und auf Golgatha allen Menschen sichtbar wurde und die nicht endet bis heute und in alle Ewigkeit.

In Schwanefelde wurde uns gesagt, daß hier niemand über die Grenze käme. Für Fremde war der Aufenthalt im Ort verboten. Im Gasthaus und auf den Straßen, so hieß es, würden häufig Kontrollen durchgeführt. Ich ließ mich nicht beirren. Den Koffer im Rucksack, schlug ich die auf der Skizze angegebene Richtung nach Benndorf ein. Aus den Fenstern schauten uns die Leute an. Die junge Frau folgte mir unverdrossen. Hinter dem Ort sah ich schon die Baumgruppe, an der vorbei ich den Wiesenweg wählen sollte. Wie es mir Herr Demmler beschrieben hatte, senkte sich der Weg zu einer Mulde. Da war auch der niedergetretene Stacheldraht des Zaunes. Schweigend folgten wir dem Pfad in den Wald hinein.

„Stoi!"

Das war unvorhergesehen. Wie angewurzelt blieben wir stehen. Ein russischer Soldat kam näher und bedeutete uns, mitzukommen. Er führte uns zu einem Feldposten in einer Holzbaracke.

Die junge Frau flüsterte mir zu: „Ich habe eine Flasche Kognak bei mir, soll ich sie ihm geben?"

„Nur das nicht", wehrte ich ihr, „lassen Sie die Flasche um alles in der Welt nicht sehen."

Später sagte ich ihr, daß ich die Russen in nüchternem Zustand als recht umgänglich kennengelernt hätte, aber betrunken seien sie unberechenbar. (Das gilt wahrscheinlich ebenso für alle Menschen.)

Der Feldposten, etwa im Rang eines Unteroffiziers, fragte in gebrochenem Deutsch nach dem Woher und Wohin. Als Ergebnis unserer zum Teil mit Zeichensprache geführten Unterhaltung winkte er uns, ihm zu folgen. Er führte uns durch dichtes Unterholz zu einem Wildgatter, öffnete es und ging weiter uns voran.

In Gedanken an die junge Frau, die mir auf den

Fersen folgte, wurde mir ein wenig schwül. Immer tiefer ging es in den Wald hinein, immer dichter wurde das Unterholz. Die Zweige schlugen uns ins Gesicht. Brombeerranken hinderten unseren Fuß. Wenn uns der Russe hier niedergeknallt hätte, wer hätte davon erfahren? Deutlich stand diese Möglichkeit vor mir. Dennoch war ich ruhig und ohne Furcht. Ich bat Gott um seinen Schutz und folgte dem Mann, der ab und zu stehenblieb und auf uns wartete. Das dichte Gehölz lichtete sich, wir kamen auf einen Weg und wieder aus dem Wildgatter heraus. Der Russe gab uns zu verstehen, wohin wir gehen sollten.

„Spasiba – danke“, sagte ich und gab ihm die Hand. Er drückte sie, wir nickten einander zu und trennten uns mit einem freundlichen Blick.

Wir waren froh, als wir bald darauf das Grenzschild erreichten. Wir haben uns am Wege auf einen Baumstumpf gesetzt und zum Danken die Hände gefaltet.

Auf dem Weg nach Helmstedt trafen wir viele Leute, die am Abend versuchen wollten, hinüberzukommen. Sie wollten uns nicht glauben, daß wir am hellen Tag herübergekommen seien.

Die junge Frau wollte in Helmstedt Bekannte aufsuchen und später nach Lehrte weiterfahren. Ich gab ihr herzliche Grüße an ihre Mutter mit.

Auf dem Bahnhof in Helmstedt stand ein Zug nach Holzminden zur Abfahrt bereit. Auf dem

Bahnsteig standen noch viele Leute mit dem üblichen Gepäck, die keinen Platz mehr bekommen hatten, und noch immer holten Bahnbeamte Tollkühne von den Puffern und Trittbrettern. Ich ging am Zug entlang bis zum ersten Wagen. Da blinzelte mir aus einem Abteil eine Frau zu. Schon hob der Bahnbeamte das Abfahrtsschild, die Lok stieß mächtige Dampfwolken aus, der Zug setzte sich in Bewegung, da drückte die Frau die Türe auf. Mit einem Satz war ich auf dem Trittbrett und wurde ins Abteil gezogen.

Wegen der zerstörten Eisenbahnbrücke über die Weser mußten alle Fahrgäste von Fürstenberg nach Höxter zu Fuß gehen. Wieviel Umwege habe ich schon wegen der zerstörten Brücken gemacht! Wie muß sich das im allgemeinen Verkehr auswirken!

Mit gelindem Grauen dachte ich an das Massenquartier in Brilon, an die Scheune in Sendenhorst. Viel anders würde es in dieser Nacht nicht werden, da diese Menschenmenge in die Stadt strömte. Ich hielt mich am Ende des Trecks und sah mich um, ob irgendwo eine Gelegenheit zum Übernachten sei.

Wir kamen in den Ort. Vor der Türe eines Hotels stand eine Frau mittleren Alters, die Wirtschafterin, wie sich herausstellte. Ich ging auf sie zu und fragte, ob ich im Haus übernachten könne.

„Sie werden in der ganzen Stadt kein Hotelbett

frei finden, alles ist, wie dieses Haus, von Engländern belegt“, sagte die Frau. „Ich will aber den diensttuenden Offizier fragen, ob Sie in der Gaststube auf dem Sofa schlafen dürfen, das heißt, wenn Ihnen das genügt.“

„Jedenfalls ist das besser als die Unterkunft in einem Massenquartier“, antwortete ich.

Ich durfte bleiben, ließ mir zu meinem Brot etwas zu trinken bringen, und machte es mir dann auf einem der gut gepolsterten Sofas für die Nacht bequem. Die Rolläden waren heruntergelassen, ich knipste das Licht aus und lag im Dunkeln.

Ich war noch nicht eingeschlafen, da blitzte ein Lichtstrahl auf. Ein englischer Soldat leuchtete den Raum ab. Jetzt näherten sich seine Schritte meinem Sofa. Ich lag still mit geschlossenen Augen. Da geschah etwas Überraschendes! Ich fühlte die Hand des Soldaten auf meinem Scheitel, und mit weicher, ja zärtlicher Betonung sagte der junge Mensch: „Sleep well.“

Hat er in mir seine Mutter gestreichelt?

Es ist inzwischen an meinem Fensterplatz hier in Glandorf so dunkel geworden, daß ich kaum noch sehe, was ich schreibe. So will ich mich schlafen legen, wenn ich Deiner und all meiner Lieben, ach, und auch aller Not dieser Welt betend gedacht habe.

Meerbusch, den 14. Juli 1945 (Samstag)

Da bin ich mal wieder im Rheinland, wie wohl fühle ich mich in meiner Wahlheimat, wo Du, mein lieber Ekkehard, geboren bist. Wie sehr hoffe und wünsche ich, hier wieder Arbeit zu finden und ein neues Heim, nicht nach Leipzig zurückkehren oder gar dort meinen Wohnsitz aufschlagen zu müssen.

Heute morgen traf ich den Chef im Werk nicht an. In einer Abteilung der Fabrik wird wieder gearbeitet, und eine Anzahl Arbeiter ist zur Pflege der stillstehenden Maschinen eingesetzt. Am Montag, denke ich, wird sich klären, ob ich in der Firma weiterarbeiten kann. Es geht mir nicht ums Verdienen, es geht mir um die liebgewordene Arbeit.

Ich hatte in Glandorf noch zwei Erlebnisse, von denen ich Dir berichten möchte.

Am Donnerstagabend, ich hatte mich gerade zum Schlafen hingelegt, da wurde heftig an die Haustür geklopft. Ein Besatzungssoldat stand draußen. Er forderte die öffnende Bauersfrau auf, ein Fräulein aufzunehmen, das er kurzerhand in den Flur schob.

Die Fremde erzählte laut und aufgeregt, sie sei mit dem Rad unterwegs, habe nirgends Quartier gefunden, sei schließlich von dem Soldaten angehalten und hierher gebracht worden.

Die Bäuerin sagte, sie habe nur noch ein altes Ledersofa als Lager zur Verfügung.

„Das macht nichts", erwiderte der ungebetene Gast, „ich muß morgen früh sowieso sehr zeitig aufstehen und weiterfahren – nach Iburg, dort wartet Direktor Sommer auf mich."

Wie war das? Hatte ich nicht bei einem Direktor Sommer in Iburg einen Brief abzugeben?

Ich machte Licht und durchsuchte den Packen Briefe in meinem Koffer. Richtig, da war einer an Direktor Sommer in Iburg adressiert. Ich zog meinen Mantel über, und ging auf den Flur hinaus. Die Fremde wunderte sich sehr über unser Zusammentreffen. Sie konnte sich hinreichend als Sekretärin des Direktors ausweisen, und ich gab ihr den Brief. So blieb mir der Weg nach Iburg erspart.

Das Fräulein war längst über alle Berge, als ich Herrn Dr. Körner am andern Morgen erzählte, was sich am Abend zuvor zugetragen hatte. Er nannte die Sache einen merkwürdigen Zufall, und wir kamen dadurch auf meine Fahrten zu sprechen.

„Wie machen Sie das eigentlich", fragte er, „daß Sie so schnell von Ort zu Ort kommen? Damals, als Sie hier waren, hatten Sie wenigstens ein Fahrrad, aber jetzt sind Sie doch ganz auf die Lastwagen oder Ihre Beine angewiesen."

Ich brauchte mir meine Antwort nicht lange zu überlegen. Und doch zögerte ich ein wenig. Ich dachte an den Herrn Demmler und ahnte, auch hier würde ich kein Verständnis finden.

Endlich sagte ich: „So schwer ist das gar nicht. Morgens, ehe ich mich auf den Weg mache, bete ich, Gott möge mir eine günstige Fahrgelegenheit schicken."

Die Reaktion auf diese Erklärung war genau so, wie ich vermutet hatte. Herr Körner schüttelte den Kopf.

„Das verstehe ich nicht. Sie glauben also, der liebe Gott – nein, das verstehe ich wirklich nicht. Was hat denn der liebe Gott damit zu tun?"

„Es ist so, wie ich Ihnen sagte, Herr Doktor."

Ich erzählte ihm (seine Frau war verreist), wie ich zu einem Rad gekommen war, als ich es brauchte, weiter von den erstaunlichen und auch unbedeutenden Erfahrungen, die ich unterwegs gemacht hatte, und betonte, daß ich nur im Vertrauen auf Gott und seine Hilfe gewagt hätte, mich auf die Suche nach der Urkunde zu machen. Nur im Vertrauen auf Gott hätte ich alles zu dem guten Ende führen können.

„Haben Sie heute, ich will Sie mit dieser Frage gewiß nicht kränken, schon wegen einer Fahrgelegenheit gebetet?"

„Ja", sagte ich einfach.

„Würden Sie es mir übelnehmen", fuhr er fort, „wenn ich mit Ihnen zu der Straßenkreuzung ginge, wo die Leute immer auf die Autos warten?"

„Warum sollte ich Ihnen das übelnehmen?"

„Wann wollen Sie aufbrechen?" fragte er weiter.

„Möglichst bald, Herr Doktor, um diese Zeit bin ich sonst längst unterwegs.“

„Es ist wohl auch besser, Sie versuchen es bald mit dem Weiterfahren. Hier ist das nicht wie in der Stadt, hier fahren nur selten Lastwagen durch. Schade, vor ein paar Tagen gab es eine gute Fahrgelegenheit, wirklich eine einmalige Sache. Ein Lastwagen fuhr von hier nach Essen, diese Gelegenheit hat meine Frau natürlich genutzt, um in unserem Haus in Essen einmal nach dem Rechten zu sehen. Wenn ich morgens Milch hole, beobachte ich täglich die Leute, die an der Straße stehen. Oft genug sind es am Nachmittag die gleichen Leute, die an der Ecke immer noch warten, nur daß noch mehr Menschen dazugekommen sind. Sie werden verstehen, daß ich wissen möchte, wie lange Sie auf ein Auto warten müssen.“

Wir gingen also nach dem Frühstück zusammen zu dem „Anhalterbahnhof“. Richtig, da standen sie und warteten, Männer und halbwüchsige Mädchen, Frauen und Kinder.

„Die stehen bestimmt schon seit heute morgen um fünf Uhr dort“, meinte Dr. Körner. „Es sieht sehr nach Regen aus, das ist kein Wetter, um auf einem offenen Lastwagen durch die Gegend zu fahren. Wollen wir nicht umkehren? Sie können gut einen Tag länger bei uns bleiben.“

Während er so sprach, bog ein Personenwagen um die Ecke und hielt! Ein Personenwagen ist heutzutage schon ein halbes Wunder, dieser trug obendrein das Zeichen von Düsseldorf, IY. Daß er anhielt, setzte allem die Krone auf.

Wir traten heran, der Mitfahrer kurbelte die Scheibe herunter und fragte, wo es nach Warendorf ginge. Dr. Körner gab Auskunft, und ich wandte mich inzwischen an den Fahrer mit der Frage, ob ich in Richtung Düsseldorf mitfahren könne.

„Steigen Sie ein, Schwester. Wir holen in Warendorf noch einen Herrn ab, ein Platz ist frei."

Zu langem Abschied von Dr. Körner blieb keine Zeit. Ich dankte ihm kurz und herzlich. Mit offenem Munde starrte er dem Wagen nach, als ich mich im Davonfahren noch einmal winkend nach ihm umsah.

Ich kann Dir nicht sagen, mein lieber Sohn, was mir solche Erlebnisse bedeuten, zumal jetzt, da ich mit einer leisen Angst an die Zukunft denke. Ich muß es mir von der Seele schreiben. Ich bete im stillen unablässig, Gott möge mir hier einen Platz anweisen. Alles in mir sträubt sich dagegen, nach Leipzig zurückzukehren. Indem ich um klare Weisung bitte, sagt eine Stimme in mir: „Hast du nicht schon klare Weisung bekommen? Ist das nicht deutlich genug, daß außer deiner Habe auch schon Möbel für dich in Leipzig stehen?" Oh, was habe ich für ein störrisches Herz!

Meerbusch, den 18. Juli 1945 (Mittwoch)

Ich bin entlassen.

Am Montag überreichte mir der Chef die Kündigung, sozusagen in Seidenpapier gewickelt und mit einer rosa Schleife umwunden, zahlte mir noch für drei Monate das Gehalt aus, bedauerte –

Für mich heißt das: zurück nach Leipzig.

Das Herz ist mir schwer. Da ist die endgültige Trennung von allem Liebgewordenen; da ist der Gedanke an die Zukunft; da ist der Gedanke an Dich, mein lieber Ekkehard.

Ich versuchte mich zu trösten, zu ermuntern im Blick auf die Erlebnisse der letzten Wochen, und doch will keine Freudigkeit in mein Herz kommen, und doch bin ich traurig und sehr verzagt.

Wie komme ich nur über diese Brücke?!

Meerbusch, den 20. Juli 1945 (Freitag)

Ich muß mich beeilen, wenn ich bis zum 1. August in Osterlau oder Leipzig sein will, wie ich Dir schrieb.

Noch ehe ich mir Gedanken darüber gemacht hatte, wie ich diesmal über die Grenze komme, wurde mir auf ganz unvorhergesehene Weise der Weg gezeigt.

Noch immer wehrt sich alles in mir gegen eine Rückkehr in meine Vaterstadt, gegen ein Verbleiben dort auf unbestimmte Zeit. Und doch bin ich mir völlig klar darüber, daß in Leipzig und nirgends anderswo mein Platz ist. Für wie lange? Auch das wird mir Gott deutlich zeigen. Wenn ich nachts nicht schlafen kann, wenn ich den Regen rinnen und die Bäume rauschen höre, begreife ich mich selber nicht. Wie ist es möglich, daß ich nach allen Erfahrungen der letzten Monate nur einen Augenblick daran zweifeln kann, daß Gott mir auch in Leipzig alle Schwierigkeiten aus dem Weg räumen und mir helfen, mir Arbeit und Freude an ihr schenken kann?

Zweifel – nein, Zweifel sind es nicht, die mich bedrängen. Ich zweifle keinen Augenblick; was viel schlimmer ist: ich murre, ausdauernd und hartnäckig. Das ist so unwürdig und beschämend. Aber ich will es hier ebenso festhalten wie meine Dankbarkeit über Gottes Führung und Bewahrung.

Trotz allem Murren, aller innerer Unzufriedenheit erbarmt sich der Heiland meiner Schwachheit und gibt mir etwas zu tun auf dem Rückweg. So wird es mir leichter, zu gehorchen.

Eine Frau bat mich, ihrer Tochter die Heiratsurkunde nach Weimar mitzunehmen. Sie hofft, die Tochter bekäme daraufhin die Erlaubnis, nach Neuss zurückzukehren. Die Leute sind mir fremd, ich halte die Sache zudem für aussichtslos, will aber der Frau den Gefallen tun.

Eine sinnvollere Aufgabe bekam ich gestern. Ein Arzt, Dr. Gotthardt, besuchte mich. Er habe gehört, ich führe nach Thüringen. Ob ich auf dem Wege dorthin eine Sache für ihn erledigen könne. Er selbst wolle sich nicht an zu vielen Orten sehen lassen. In den dreißiger Jahren war er Kreisleiter in St. Goar am Rhein und hatte sich bei höheren Parteistellen unbeliebt gemacht, weil er in kirchlichen Angelegenheiten auf seiten der Kirche stand. Es lag ihm daran, vom Pfarrer in St. Goar ein Leumundszeugnis zu bekommen für seine Rehabilitierung. Er bat mich, das Schriftstück, das mir der Pfarrer ohne Zweifel ausstellen würde, in Tann in der Rhön bei seinen Bekannten zu hinterlegen. Er nannte mir bei Tann auch eine Gelegenheit, über die Grenze zu kommen.

Das war der entscheidende Fingerzeig für mich.

Ich habe schon einige Abschiedsbesuche gemacht, werde morgen noch einmal Familie Fritzgen besuchen und am Sonntag ausruhen, um für die Rückreise die nötigen körperlichen Kraftreserven zu haben. Obwohl der Zugverkehr langsam wieder in Gang kommt, werde ich doch noch auf andere Fahrgelegenheiten angewiesen sein.

Vielleicht – und der Gedanke erfüllt mich mit Hoffnung –, vielleicht bist Du daheim, wenn ich komme.

Frankfurt a. Main, den 25. Juli 1945

Hier in Frankfurt, das mir am Wege lag, will ich einen Ruhetag einschalten, zumal mich Ingeborg und ihre Eltern mit Freuden aufnahmen. Seit März haben wir nichts voneinander gehört, und es gab viel zu erzählen. Auch nach Dir wurde gefragt, von Dir gesprochen, mein Sohn. Die Fahrt hierher ging glatt vonstatten. Mit der Straßenbahn kam ich bis Handweiser, wo ich bald einen Lastwagen nach Bonn fand. Dort zog ich es vor, mit der Straßenbahn bis zur Ausfallstraße nach Koblenz zu fahren. Wer weiß, wann ein Zug in der Richtung fährt. Viele Anhalter warteten an der Straße. Nach zehn Minuten rollte ein Laster heran. Der Fahrer sagte, er könne niemand mitnehmen, da es zu gefährlich sei. Er hatte nämlich Briketts geladen. Ich saß schon oben, ehe er mit seiner Erklärung zu Ende war, an ein Herabsteigen war nicht mehr zu denken. Es war wirklich eine gefährliche Sache, auf den rutschenden Briketts zu sitzen. Ich mußte mich mit aller Kraft gegen die Planke stemmen, um nicht abzugleiten und unter die Räder zu kommen.

In St. Goar fand ich bald das katholische Pfarrhaus. Ich wurde in die Amtsstube des Geistlichen geführt. Er erinnerte sich gern an Dr. Gotthardt und war bereit, das gewünschte Schreiben gleich auszustellen. Seine Schwester, die ihm die Wirschaft führt, wies er an, mich inzwischen zu bewirten. Die Schwester brachte mir Kaffee und Marmeladenbrote, und als ich nach einem stillen Dankgebet den Kopf hob, fragte sie verwundert: „Sie beten vor dem Essen?“

Ich hatte nicht, wie es bei den Katholiken üblich ist, das Kreuz vor und nach dem Gebet gemacht, so hatte sie die Andersgläubige in mir erkannt.

„Gewiß“, antwortete ich, „danken Sie vor der Mahlzeit nicht auch dem Geber aller guten Gaben?“

„O doch“, meinte sie, „aber ich wußte nicht, daß das die Protestanten auch tun.“

„Ich glaube“, fuhr ich fort, „jeder gläubige Mensch, der in Gott den Schöpfer Himmels und der Erde sieht und in Jesus Christus seinen eingeborenen Sohn, der wird Gott danken, ehe er ißt.“

Jetzt wurde das alte Fräulein richtig warm, und wir hatten ein gutes Gespräch miteinander.

Der geistliche Herr kam bald mit dem Schreiben aus seiner Amtsstube, und ich verabschiedete mich mit herzlichem Dank.

Ich war nun in der französischen Besatzungszone. Es sei an dieser Stelle einmal gesagt: Wo immer ich den Besatzungssoldaten begegnete, sind mir alle achtungsvoll und freundlich entgegengekommen, gleichviel, ob es sich um Engländer, Amerikaner, Russen oder Franzosen handelte. Der Fahrer eines Lastwagens mit Holzmotor, der gerade von einem Posten zur Kontrolle gestoppt wurde, nahm mich mit bei der Weiterfahrt. Kurz vor Oberwesel mußte er Holz aufschütten. Ich kletterte vom Wagen und ging am Rhein entlang bis in das Städtchen, wo ich für die Nacht bei einer bekannten Familie von Dr. Gotthardt bleiben konnte. Diese Leute klagten allerdings sehr über die französische Besatzung. Friedlich und still war die Stunde am Rhein. Alles Widerstreben in mir, alle Unzufriedenheit, aller Kleinmut fielen von mir ab.

In das Gebet dieser sanften Stunde, da ich allein am Strom entlang dem Städtchen zuging, schloß ich auch Dich ein, mein Sohn.

Erfurt, den 29. Juli 1945 (Sonntag)

Wieder einmal eine Abendstunde, die Dir gehören soll, weit weg vom Rhein.

Ich habe wieder eine Reihe glaubenstärkender Erfahrungen gemacht, die ich Dir nicht vorenthalten will.

In Frankfurt gab es eine regelrechte organisierte Fahrbereitschaft. Ingeborg hatte sich entschlossen, mit mir zu fahren, um in Marburg ihre verlagerten Sachen abzuholen. Bis Gießen hatten wir die gleiche Strecke zu fahren. An der Ausfahrt der Autobahn trennten wir uns. Ich kletterte auf einen Lieferwagen nach Hersfeld, der gerade hielt und Leute absteigen ließ. An der Gabelung Eisenach-Kassel mußte ich länger als eine Stunde warten. Endlich kam ein Lastwagen. Kurz vor Mittag war ich in Kassel. Ich überschlug die Zeit und entschloß mich, Frau Trebing in Niederkaufungen zu besuchen.

Wie freute sie sich, mich zu sehen. Wir hatten im März, als wir mit dem LKW der Firma von Uerdingen nach Osterlau unterwegs waren, wegen einer Panne ein paar Tage bei ihr Quartier gemacht. Sie fragte mich nach dem Ergehen aller, die damals bei ihr gewohnt haben, und ich gab Bescheid, so gut ich konnte.

Für Direktor Icks interessierte sie sich besonders.

„So ein feiner, bescheidener Mann“, sagte sie,

„er steckte gar nicht den Direktor heraus. Man mußte ihn gern haben."

Sie erzählte mir von ihren Erlebnissen mit den Amerikanern. Einmal, um Dir nur eines davon wiederzugeben, seien fünf Mann gekommen. Zwei blieben an der Haustür stehen, die drei andern traten ins Haus. Sie gingen von einem Raum in den andern. Frau Trebing folgte ihnen mit Herzklopfen, der Dinge harrend, die nun kommen würden. In ihrem Schlafzimmer zeigte der eine Amisoldat auf die Kopie von da Vincis „Abendmahl", das dort zwischen den beiden Frauen hängt.

„Du das glauben?" fragte der Soldat.

„Ja, das glaube ich", hatte Frau Trebing geantwortet, „sonst würde dieses Bild nicht dort hängen."

Obwohl sie deutsch sprach, muß der Ami sie verstanden haben. „Gut, sehr gut!" sagte er, winkte seinen Kameraden und verließ ohne ein weiteres Wort die Wohnung.

Der Nachmittag verging uns schnell über den Gesprächen. Wir lachten herzlich über unsere gemeinsamen Erlebnisse im März, über das Reibekuchenessen, das ich für dreizehn Personen mit Frau Trebings Kartoffeln und unserem Vorrat an Öl veranstaltete, und über die Foppereien, die man damals mit mir anstellte.

Am nächsten Morgen begleitete mich Frau Trebing zum Bus nach Kassel. Überall fand ich das gleiche Bild: Anhalter, die auf Autos warteten. In Hünfeld hieß es, mit einem Auto nach Tann sei nicht zu rechnen. Das läge zu nahe an der Grenze, nur das Milchauto fahre morgens beizeiten nach Tann. Ich verließ mich auf die Aussage der Leute und machte mich zu Fuß auf den Weg. Kaum hatte ich den Ort hinter mir, da rasselte ein LKW vorbei. Auf dem kleinen Standortschild las ich: „Tann."

So was Dummes! Der Fahrer hielt nicht. Mitten auf der Strecke tut das im allgemeinen keiner. Er war so schnell vorbei, daß ich mich mit Winken nicht genügend bemerkbar machen konnte.

So, das hatte ich nun davon, daß ich auf die Leute gehört hatte, statt an meine Erfahrungen zu denken.

Der Weg von Hünfeld nach Tann ist wunderschön, aber fünfundzwanzig Kilometer waren kein Pappenstiel für mich. Zum Glück hatte ich von Hildegard in Leipzig bequeme Schuhe bekommen, so daß mir das Laufen nicht zur Qual wurde.

Ich traf nur wenige Menschen auf dem langen Weg. Ein Bauer, der ein Stück mit mir ging, erklärte, es sei unmöglich, hier in der Gegend über die Grenze zu kommen. Er habe es bereits siebenmal versucht, immer vergeblich. Es sei lebensgefährlich, die Russen schössen ohne Anruf. Er könne mich nicht ernstlich genug warnen.

Auf Grund der Lehre, die ich eben empfangen hatte, hörte ich mir alles schweigend an. Hatte Gott mir nicht schon genaue Weisung geben lassen?

Wie gesagt, es war ein schöner Wanderweg. Natürlich war ich hundemüde und zerschlagen, als ich Tann vor mir sah, zwischen die Rhönberge gebettet, von hohen Tannen umgeben! Mit dem Rest meiner Kraft stolperte ich die holprige Straße hinan zu dem Haus, wo ich das Schreiben für Dr. Gotthardt hinterlegen sollte.

Auch hier im Hause erlebte ich, welch große Freude mein Kommen bereitete, wie froh die Menschen waren, Nachricht von jemand zu bekommen, der ihnen nahe stand. Frau Bangert nahm mich auf, als käme Dr. Gotthardt in Person.

An jenem Abend in Tann, im Fremdenzimmer des Hauses, fühlte ich mich wie in der Sommerfrische. Kräftig und erquickend wehte der Tannenduft ins Zimmer, leicht blähten sich die schneeweißen Gardinen im sanften Wind. Vom Bett aus sah ich die Berge und Tannen, kein Laut war zu hören, es war eine glückliche Stunde.

Fräulein Bangert, die Tochter des Hauses, zeigte sich wegen des Grenzübergangs äußerst besorgt und bestätigte mir, was der Bauer gesagt hatte. Vor allen Dingen, so meinte sie, solle ich keinesfalls über Theobaldshof gehen, wie mir Dr. Gotthardt geraten hatte. Nicht nur, daß der Weg dorthin steil bergan etwa 600 Meter hoch liege, sondern auch der Grenzübergang dort sei besonders schwierig. Sie habe gehört, über Morles führe ein ziemlich ebener Weg, der nicht so gefährlich sei.

Mußte ich schon wieder auf die Leute hören?

Fräulein Bangert schnallte mein Gepäck auf ihr Fahrrad, und wir gingen zusammen in Richtung Morles. Der Tag war kühl und angenehm zum Wandern. Die Berge standen ernst und dunkel gegen den Himmel. Dort, wo sich das Tal zwischen den Bergen auftat, lief ein Bach zwischen den Wiesen dahin, die von unzähligen Gänsen bevölkert waren. Ringsum ein Bild tiefsten Friedens. Und doch war es ein trügerischer Frieden. Die Stille ringsum kam mehr von der Furcht.

Fräulein Bangert erzählte, sie habe zehn Jahre als Leiterin der NSV gearbeitet. Keine Stunde hatte ihr gehört, weder sonntags noch wochentags. Schöne Zeiten habe sie erlebt bei der Arbeit mit den Kindern. Mit den Frauen hatte sie genäht und gute Bücher gelesen. Sie hatte nur daran gedacht, zu helfen, das Gute zu üben und dem Frohsinn die Tür offen zu halten. Der Kranken und Armen hatte sie sich angenommen. Gewiß, sie hatte ein gutes Gehalt bezogen und drei Wochen Urlaub im Jahr gehabt. Hatte hierauf nicht jeder Anspruch? Nun sollte sie dafür bestraft werden, daß sie sich mehr als alle andern eingesetzt hatte im Dienst an ihren Mitmenschen? Jeden Tag müsse sie mit der Verhaftung rechnen, nur weil sie an eine Sache geglaubt habe, an der sie nichts Verderbliches gesehen habe. Sie habe nur immer das Gute gewollt, und das werde ihr jetzt zum Vorwurf gemacht. Sie habe nichts von den Dingen gewußt, die in den KZs geschehen seien.

Ich ließ sie reden, hörte schweigend zu. Sie war innerlich ganz zerrissen, hatte allen Halt verloren, sah keinen Weg mehr vor sich. „Ich kann mich doch nicht von meinen alten Eltern ernähren lassen", klagte sie. „Nicht einmal die Bauern, denen ich mit meiner Mädelgruppe so oft geholfen habe, wollen mich auf ihren Feldern zum Arbeiten haben. Meine Kräfte liegen brach, die körperlichen wie die seelischen. Und warum? Weil ich mich geirrt habe!"

Ich weiß nicht so genau, was alles ich ihr erwiderte, als sie endlich schwieg. Es wurde mir in jener Stunde geschenkt, ohne daß ich nach Worten suchen mußte. Ich erzählte ihr auch von meinen Erfahrungen, die ich mit meinem Gott und Heiland gemacht habe, und so kamen wir auf die Erlebnisse meiner Fahrten zu sprechen. Dabei wurde mir bewußt, daß ich nicht auf dem richtigen Wege war, und das sagte ich ihr auch. Sie verstand nicht, wie ich den Vorschlag Dr. Gotthardts so wörtlich nehmen konnte.

„Über Theobaldshof zu gehen ist aller Vernunft zuwider", meinte sie. „Die Verhältnisse ändern sich von Woche zu Woche. Dr. Gotthardt konnte nicht wissen, wie gefährlich gerade dort der Grenzübergang ist."

„Gott aber weiß es", entgegnete ich. „Es heißt nicht Gott versuchen, wenn man ihm gehorcht."

Es ging über ihr Verständnis.

Bald darauf trafen wir einen amerikanischen Grenzposten. Fräulein Bangert spricht gut englisch und übersetzte mir, was ich aus den Gebärden des Soldaten bereits verstanden hatte: Hier weiterzugehen habe keinen Zweck.

Wir machten kehrt. Fräulein Bangert schlug vor, es auf einem Waldweg zu versuchen, der seitwärts von der Straße zur Grenze führte. Nein, ich war entschlossen, über Theobaldshof zu gehen, ein anderer Weg kam für mich nicht mehr in Frage.

„Ich bin wirklich gespannt, ob Sie da oben mehr Glück haben", zweifelte meine Begleiterin, die das Rad mit meinem Gepäck mühsam den steilen Weg hinanschob.

Gegen Mittag kamen wir oben an. Fräulein Bangert, die Weg und Steg kannte, brachte mich zu dem Haus, von dem Dr. Gotthardt gesprochen hatte. Mir schien es, als sei dies der einzige Hof hier oben, einsam und verlassen, weitab von jedem Nachbarn.

Ich wandte mich an die Hausfrau, die am Herd hantierte.

„Wie ich höre, weiß Ihr Mann gut Bescheid in

der Gegend und kennt den Weg über die Grenze", begann ich.

Die Frau nickte zustimmend.

„Augenblick, Schwester, er spannt gerade an, um Klee zu holen. Ich will ihn fragen, ob er sie mitnimmt."

Wir folgten ihr ums Haus und trafen dort ihren Mann beim Anschirren.

Er sagte: „Setzen Sie sich auf den Wagen, Schwester! Ich fahre Sie so nahe wie möglich an die Grenze heran und zeige Ihnen den Weg hinüber."

Fräulein Bangert stand sprachlos. Ich lächelte ihr zu.

„Dies ist der richtige Weg, den Gott mir schon in Meerbusch sagen ließ. Sie können ohne Sorge sein, ich werde ohne Schwierigkeiten hinüberkommen."

Sie reichte mir die Hand zum Abschied. „Das ist wunderbar", sagte sie, und in ihren Augen glänzte es feucht.

Eine halbe Stunde später hatte ich den Bach durchwatet, der die Grenze bildet. Ich stieg jenseits – nein, es muß ja heißen diesseits – von Baum und Strauch gedeckt, über einen Höhenzug und erreichte am Nachmittag Zella.

Zella! Dieser Ort wird mir so unvergeßlich bleiben wie die Notbrücke in Himmelgeist.

Nachdem ich am Wegrand gerastet und mich gestärkt hatte, wandte ich mich der Straße nach

Eisenach zu, kam über einen Viadukt und sah dem blanken Schienenstrang nach. Ob hier regelmäßig Züge verkehrten? Wie könnten sonst die Schienen so blank sein? Da war der Bahnhof. Ich ging darauf zu, drückte die Klinke der Eingangstür nieder, sie war verschlossen. Niemand war in der Nähe zu sehen. An der Straße nach Eisenach, die parallel mit der Eisenbahnlinie läuft, setzte ich mich ins Gras. Tiefe Stille ringsum, kein Fahrzeug wirbelte Staub auf, kein Motor tuckerte durch die Stille. Ich genoß die herrliche Luft, schaute auf die Höhenzüge jenseits des Tales und wartete.

Keine Menschenseele kam des Weges daher. Von einer Kirchturmuhr hörte ich den Halbstunden- und Stundenschlag.

Ich weiß nicht, wie lange ich gewartet hatte, als es hinter mir rasselte und der Arm des Signals sich hob. Bald darauf fauchte ein Zug heran. Jetzt mußte jemand am Bahnhof sein. Zwei Frauen, die ausgestiegen waren, kamen schwatzend daher. Ich fragte sie, wie es mit dem Zugverkehr sei. Sie sagten, wochentags führen Arbeiterzüge, morgens nach Eisenach und abends zurück. Sonntags verkehrten keine Züge.

Ich mußte also bis Montag warten. Obwohl ich mir keine Sorge um Unterkunft und Verpflegung machte, war der Gedanke, irgendwo jemandem für einen ganzen Tag und zwei Nächte zu Last zu liegen, nicht gerade erfreulich. Zudem rückt der erste August heran, das Datum, das ich Dir als

Termin zum Aufbruch nach dem Westen genannt habe.

Was half's? Ich mußte daran denken, Quartier zu suchen.

Da traten zwei Bahnbeamte aus dem Stationsgebäude.

„Ich möchte nach Erfurt", erkundigte ich mich, „wann fährt ein Zug dorthin?"

„Da haben Sie aber Glück", sagte einer der beiden, „eben haben wir telefonisch den Auftrag erhalten, morgen früh drei Personenwagen nach Erfurt zu schicken. Sie brauchen nur eine Fahrkarte zu lösen, wenn Sie mitfahren wollen. Der Zug fährt sechs Uhr fünfundvierzig."

Das war eine der schönsten Überraschungen, die ich auf meinen Fahrten erleben durfte.

„Lieber Heiland", betete ich glücklich, „läßt du jetzt schon einen ganzen Eisenbahnzug für mich einsetzen?"

Im Kloster, das wie eine Burg das Städtchen Zella überragt, empfing mich die Oberwirtin wie einen lieben, lange erwarteten Gast. Bis in die späten Abendstunden saßen wir beieinander und sprachen von Gottes Güte und von seiner Führung.

Hier in Erfurt erledigte ich alle Aufträge, die ich in Uerdingen erhalten habe. Bei guten Bekannten eines Uerdinger Werkmeisters kann ich übernachten, schreibe diese Zeilen.

Wo aber legst Du, mein Sohn, Dein Haupt zur

Ruhe? Bist Du auf dem Weg nach Osterlau oder Leipzig? Mit welchen Schwierigkeiten hast Du zu kämpfen?

Es treibt mich nach Leipzig in dem Gedanken, Du könntest dort auf mich warten. Ich möchte es glauben mit der gleichen Zuversicht, wie ich glaubte: wir kommen über die Brücke. Und doch ist es jetzt etwas ganz anderes. Damals ging es darum, daß Gott sich zu mir und zu meinem Glauben bekannte. Jetzt kann ich nur beten: Herr, wenn es dein Wille ist, so schenke uns bald das Wiedersehen. Wie du willst, so mag es geschehen. Jetzt, das fühle ich deutlich und schmerzlich, jetzt geht es darum, daß der Glaube auch standhält, wenn Gott „nein" sagt. Jetzt geht es darum, daß der Glaube auch Dich geborgen weiß in aller Fährlichkeit, geborgen in den Vaterhänden Gottes. Meine Gedanken und Gebete sind bei Dir.

Leipzig, den 1. August 1945

Überwältigt und beschämt muß ich Dir von dem letzten Stück meiner Fahrt berichten, mein lieber Ekkehard.

Wie ist es möglich, daß Gott mich wankelmütigen, ungeduldigen und undankbaren Menschen als Werkzeug für sich gebraucht hat? Ach, man sollte nie zweifeln und zagen, man sollte stille sein und alles Gott überlassen, was auch kommen mag. Und doch weiß ich, bei der nächsten Gelegenheit kippe ich wieder um und schreie: „Herr, hilf mir, ich versinke!“ wie weiland Petrus vor der Woge.

Es ist nicht so, als ob wir nichts zu tun bräuchten, als ob wir die Hände in den Schoß legen könnten und darauf warten, daß uns die gebratenen Tauben in den Mund fliegen. Das heißt nicht glauben und auf Gottes Hilfe warten. Glauben, so meine ich, heißt alle Kraft, die Gott uns gegeben hat, und allen Verstand voll einzusetzen und mit den empfangenen Pfunden zu wuchern, den Segen zu allem Tun aber von Gott zu erwarten. Die Dinge aber, die wir weder mit unserem Verstand lenken noch mit unserer Kraft bewältigen können, sollten wir getrost Gott überlassen.

Ich weiß zu dieser Stunde immer noch nicht, wo Du bist, mein geliebter Sohn. Da stehe ich schon vor einem „Unmöglich“. Mit aller Kraft und Sehnsucht meines Herzens, mit allem Verstand kann ich Dir nicht helfen, Dich nicht hierher bringen, ja, nicht einmal erfahren, wo Du bist. Ich muß dieses „Unmöglich" getrost Gott überlassen. Auf das „Getrost" kommt es an.

So laß Dir nun von den letzten Stationen meiner Reise berichten. Der Arbeiterzug von Erfurt kam am Montagmorgen zeitig in Weimar an. Ich fand die Wohnung der Frau, wo ich die Heiratsurkunde abzugeben hatte, ohne viel Herumfragen und hoffte den Zug nach Osterlau kurz vor zehn Uhr zu erreichen. Die Frau hielt mich leider zu lange auf, und so sah ich den Zug gerade davonfahren.

Das war mir sehr ärgerlich. Was sollte ich von zehn bis 16 Uhr in Weimar tun? Goethehaus? Danach stand mir der Kopf wirklich nicht. Durch die Stadt laufen, die von russischen Soldaten wimmelte, mochte ich auch nicht. Ich ging in den Wartesaal des Bahnhofs. Die meisten Tische waren besetzt. Ich fand noch Platz an einem kleinen Tisch für zwei Personen, einem jungen Menschen von etwa neunzehn Jahren gegenüber. Er hatte eine Tasse Kaffee vor sich. Ich ließ mir auch Kaffee kommen und packte mein Butterbrot aus. An Proviant fehlte es mir nie.

Wir saßen schweigend einander gegenüber. Da kamen aus dem angrenzenden Gesellschaftszimmer russische Offiziere. Der junge Mensch flüsterte zähneknirschend: „Schweine."

Ich legte ihm die Hand auf den Arm und sagte,

so als spräche ich zu Dir: „Nur ruhig, mein Junge, nicht so aufregen! Das kommt alles wieder einmal zurecht."

Er sagte nichts, trank einen Schluck Kaffee und sah vor sich nieder. Ich schob ihm ein Butterbrot hin.

„Iß, mein Junge."

Er schüttelte den Kopf: „Nein, Schwester, das darf ich nicht annehmen. Sie haben gewiß auch nicht zuviel."

„Ich habe heute schon einmal gefrühstückt, Du wahrscheinlich nicht." Er zierte sich nicht länger und aß.

Dann fragte ich, und er erzählte. Irgendwo in der Nähe des Plattensees hatten die feindlichen Truppen ihn und seine blutjungen Kameraden überschwemmt und in ein Lager gebracht. Ein deutscher Hauptmann verschaffte ihnen Papiere vom Arbeitsdienst, wie, darüber zerbrachen sie sich nicht die Köpfe. Schließlich hatte man sie sich selbst überlassen und ließ sie gehen, wohin sie wollten. Mit zwanzig Kameraden hatte er sich aufgemacht nach Deutschland. Drei waren durchgekommen, er und zwei andere. Es sei ein Wunder, daß er deutschen Boden erreicht habe. Nun sei er auf der Suche nach seinen Eltern. Betteln könne er nicht oder sich von Ort zu Ort durchschlagen, auch nicht bei den Bauern um Essen fragen, wie so viele es machten. Er verdiene sich durch Feldarbeit außer dem Unterhalt immer ein paar Mark, um damit weiterzukommen.

Ich spürte, wie wohl es ihm tat, seinem Herzen Luft zu machen. Wir hatten unseren Kaffee ausgetrunken und setzten uns in den kärglichen Anlagen vor dem Bahnhof auf eine Bank.

Wie uns alles abstieß, der Lärm, die Stalinbilder und -sprüche, ebenso die Transparente mit den Versprechungen, die zur Wirklichkeit in krassem Gegensatz stehen!

„Und wie war es bei uns?" fragte der junge Mann. „Wir glaubten für eine gute Sache zu kämpfen. Alles Betrug, auf nichts kann man sich verlassen, an nichts kann man sich halten."

Wieder kamen mir die rechten Worte, ohne daß ich sie suchen mußte. Ich durfte dem Jüngling sagen von dem einzigen ruhenden Pol, von Jesus Christus.

„Schwester", sagte er zu meiner tiefsten Erschütterung, „mir ist, als habe Gott Sie mir in den Weg geschickt. Ich habe in Berlin als Schüler im Domchor mitgesungen. Da hat mich das Evangelium von Jesus Christus angerührt, um mich nie ganz loszulassen. Im Grunde meiner Seele habe ich immer gefühlt, daß da eine Macht ist, stärker als alles andere auf der Welt. Ich habe es gefühlt, wenn es in den Kampf ging, ich habe es gefühlt auf meiner Flucht durch die Tschechei. Warum entging ich den Häschern? Warum traf mich keine Kugel? Welche Gnade ist über meinem Leben? So habe ich mich gefragt und keine Antwort gewußt. Sie haben mir die Antwort gegeben."

Mein lieber Sohn, dieses Gespräch, so einfach und natürlich, war zugleich unbegreiflich und wunderbar. Ich durfte dem jungen Menschen sagen, wie groß Gottes Güte ist, der seinen eingeborenen Sohn gab, der uns mit Gott versöhnt hat auf Golgatha. Er nahm es auf, gierig, mit dem gleichen Hunger der Seele, wie er vorhin das Brot für den leiblichen Hunger verschlungen hatte.

Da war um uns die graue, freudlose, regenverhangene Stadt, da waren die Flüchtlinge mit ihrem absonderlichen Gepäck, die Unruhe und das Getriebe vor dem Bahnhof, Soldaten und Kinder, Frauen und Greise, Russen und Polizisten mit roten Armbinden. Da war nichts von Feierlichkeit und Stille, keine Abgeschlossenheit, keines Domes Kuppel wölbte sich über uns, und doch hielten wir einen Gottesdienst, ernst und andächtig und gläubig. In der nüchternsten Umgebung schenkte uns Gott diese Stunde der Aussprache, war er bei uns, wie er verheißen hat: Wo zwei oder drei versammelt sind in meinem Namen, da bin ich mitten unter ihnen.

Die Zeit bis zur Abfahrt des Zuges wurde uns nicht lang.

In Osterlau blieb ich nur einen halben Tag. Ellingers meinten, es sei besser, ich ließe mich nicht in der Stadt sehen. Sie wollten es übernehmen, die mitgebrachte Post auszutragen.

So fuhr ich gestern nachmittag hierher. Du hattest Dich nicht in Osterlau gemeldet, so ahnte ich schon, daß Du nicht in Leipzig sein konntest. Während der Fahrt redete ich unaufhörlich mit Gott. Ja, Herr, ich will deinen Weg gehen, ich will gehorsam sein, aber ohne deinen Beistand vermag ich es nicht.

Und er schickte mir einen Sonnenstrahl, der mich froh machte, froh und zuversichtlich.

Lore stand am Fenster, als ich kam. Sie rief die dreijährige Gudrun und hob sie auf den Arm: „Sieh, wer da kommt."

Ich hörte des Kindes Jubelschrei, und dann kam sie mir entgegengelaufen und jauchzte: „Da bist du ja! Da bist du ja!"

Auch das ist einer jener Augenblicke, die ich nie vergessen werde.

Leipzig, den 17. November 1945

Heute wirst Du zwanzig Jahre alt, mein geliebter Sohn. Ich gedenke Deiner heute besonders innig und habe Gott gebeten, Dir heute einen Lichtstrahl zu senden, Dir eine Freude zu bereiten, eine ganz menschliche, irdische, und er möge Dich seine Nähe heute ganz besonders fühlen lassen.

Ich weiß nicht, wo Du bist. Meine Gedanken suchen Dich in Ost und West, in Nord und Süd. Mein Herz ist voller Sehnsucht nach Dir. Ach, mein Junge, daß wir nichts voneinander wissen! Für Dich muß es noch viel schwerer sein, keine Nachricht von mir zu haben. Eines wissen wir jedoch, einer vom andern: immer und überall sind wir in Gottes Hand. Wie sollte Gott, der mich so wunderbar geführt hat, nicht auch Dich geleiten, Dir Trost und Kraft sein? Es gibt keine Macht der Welt, die Dir etwas antun kann, was Gott nicht will und zu Deinem Besten geschehen läßt.

Ich bin nun hier zu Hause, alles regelte sich von selbst. Ich bekam die Zuzugsgenehmigung und die Erlaubnis, bei Lore zu wohnen. Das will viel heißen. Ich habe wieder Arbeit in meinem Beruf und Freude daran, ich habe „gute Freunde und getreue Nachbarn".

Die Bäume vor meinem Fenster sind kahl geworden, der Winter steht vor der Tür. Ich sehe in die wirbelnden Blätter hinaus und schicke meine Gedanken in die weite Welt. Je und dann sind sie auf den Landstraßen, und wenn mein Herz verzagt werden will, so richtet es sich auf an dem Gedanken: Wir kommen über die Brücke!

Auch Du, mein lieber Sohn, wirst über die Brücke kommen. Gott tut nichts umsonst, weder mit Dir noch mit mir.

Wandle getrost und fürchte Dich nicht!